Die lange Reise

Claudia Krause

Bibliographische Informationen der Deutschen Natio-
nalbibliothek: Die Deutsche Nationalbibliothekver-
zeichnet diese Publikation in der Deutschen National-
bibliographie; detaillierte bibliographische Daten sind
im Internet über dnb.dnb.de abrufbar.

2019 Claudia Krause

Herstellung und Verlag

BoD- Books on Demand, Norderstedt

ISBN: 9783749481804

Danksagung

Ich danke in erster Linie meiner Familie, die mich in meiner Autorenarbeit immer unterstützt und mit ihrer Kritik und Vorschlägen zum Entstehen meiner Bücher beitragen. Im Buch vorkommende Personen sind rein fiktiv. Ähnlichkeiten mit lebenden Personen sind rein zufällig und nicht beabsichtigt. Auch das beschriebene Dorf gibt es nicht. Das Katatura Projekt, für das Jan arbeitet gibt es aber wirklich.

https://wfd.de/thema/namibia-**katutura**-kinder**projekte** Namibia: Katutura-Kinderprojekte. In der namibischen Hauptstadt Windhoek werden Selbsthilfeinitiativen unterstützt, die Kindergärten, Waisenhäuser, Schulen oder Behinderteneinrichtungen in den Armenvierteln unterhalten. Sie erhalten Nahrungsmittel und didaktische Materialen. Zudem werden der Bau und die Ausstattung von Klassenräumen ...

Inhalt

Ankunft

Fröstelnd schlug Jan den Kragen seiner dünnen Jacke hoch. Der junge, schlanke Mann zog mit seinem Outfit und seinem wilden Aussehen alle Blicke auf sich während er am Kofferband stand. Jan strich sich die langen, pechschwarzen Haare zurück und band sie am Hinterkopf zum Zopf zusammen. Erst jetzt kamen seine unruhigen Augen zur Geltung. Jan sah unruhig umher als wäre er auf der Flucht.

Aber das Gegenteil war der Fall. Er kam nach Hause. Nach 6 Jahren als Entwicklungshelfer in Namibia war Jan am Flughafen München gelandet. Von +40 Grad auf -10 Grad würde jeden frieren lassen, auch wenn man besser vorbereitet wäre. Der junge Mann hatte vor ein paar Tagen eine Nachricht erhalten, die in Hals über Kopf aus seiner selbst gewählten Isolation zurück in die Heimat holte. So hatte Jan nur seine Regenjacke, Jeans, T- Shirt und Turnschuhe am Leib, und seinen Seesack als Gepäck. Diesen zog er nun vom Kofferband und warf ihn über die linke Schulter, bevor er sich auf den Weg zur Pass- und Zollkontrolle machte. Kurz darauf stand er im Ankunftsbereich und versuchte sich zu orientieren. „Oh Mann, das hat sich aber total verändert", flüsterte er, als er von hinten einen Stoß erhielt. „Was?" Jan schnellte herum und sah sich einer Gruppe junger Frauen gegenüber.

„Entschuldigung", hörte Jan und sah in ein strahlendes Lächeln. „Brauchen sie Hilfe?"

Er zwang sich zu einem zaghaften Lächeln. „Sieht fast so aus", antwortete er, „Als erstes wohl etwas Warmes zum Anziehen." „Julia", stellte sich das Lächeln vor, „Da weiß ich was." „Jan", kommt es leise zurück, „Kannst du es mir bitte zeigen?" Julia verabschiedete sich von ihren Freunden und zog ihn mit sich. Kurze Zeit später standen sie im Sportladen und Jan deckte sich mit Winterjacke, Jeans, Schal, Handschuhen und langärmeligen Hemden ein. "Das wäre doch etwas", kicherte Julia und hielt ihm einen Pullover mit Vereinslogo eines bayerischen Vereins hin. Das Lachen der jungen Frau schaffte es, Jan ebenfalls ein Lächeln zu entlocken, bevor er den Kopf schüttelte. „Falscher Verein?" „Falsche Sportart", versuchte er sich zu rechtfertigen Er entschied sich für einen dunkelblauen Pullover. „Dass es hier so kalt ist, konnte ich ja nicht ahnen" grinste er. „Danke für deine Hilfe, darf ich dich auf einen Kaffee einladen?" Julia ertappte sich dabei, wie sie Jan anstarrte. Beschämt sah sie zur Seite. „Sorry", flüsterte, „Aber du siehst total anders aus." „Was ist nun?" bohrte er nach, um seine Verlegenheit zu überspielen „Kaffee?" Nach ein paar Sekunden erlöste ihn ein Lächeln und beide machten sich auf den Weg zur Kasse. 287€, die Rechnung erschreckte Jan kurz, aber mit einem „was solls" zog er eine Kreditkarte aus der Tasche und legte sie dem Verkäufer vor. „Eine

Platinkarte?" Julia schreckte zurück „Gott du bist so ein verwöhnter Pinsel?" Jan schüttelte den Kopf: „Mein Vater -------------- lange Geschichte."

Beim anschließenden Kaffeetrinken löste sich die Spannung zwischen den Beiden und ehe sie es merkten hatte Jan einer völlig Fremden mehr aus seinem Leben erzählt als sonst jemandem „Vor 6 Jahren gab es eine große Auseinandersetzung mit meinem Vater, der meinen Bruder und mich gegen unsere Mutter aufbringen wollte. Ich war 17 Jahre alt und ziemlich jähzornig. Als ich merkte, dass mein Vater ein falsches Spiel spielte wurde ich wütend und schlug ihm ins Gesicht. Der Kerl hat mir dann die Polizei auf den Hals gehetzt und mich wegen Körperverletzung angezeigt. In unserem kleinen Dorf kam das einer Verurteilung gleich. Also bin ich als Entwicklungshelfer nach Namibia und habe mir geschworen, nie mehr zurück zu kommen. Seine Kreditkarte hatte ich völlig vergessen, Schadet ihm aber nicht, Immerhin bin ich sein Sohn. Vor ein paar Tagen habe ich ein Telegramm von meiner Mutter erhalten, in dem sie mir mitgeteilt hat, dass …" Jan verstummte. Und sein Blick verdunkelte sich wieder. Julia legte ihre Hand auf Jans, der seine in Windeseile zurückzog. „Sorry", kam es von beiden Seiten und Jan schaffte ein gequältes Lächeln: „Der Rest ist Schweigen …,Vielleicht später einmal." Julia nickte und sah auf ihre Uhr „Was? Schon fünf Uhr! Ich muss nach Hause. Hier ist meine Karte. Rufst du mich an?" Jan nahm die Karte und nickte: „Ich muss noch etwas regeln, aber dann …" Als sie sich verabschiedeten, sah Jan der jungen Frau nach. „Seltsam", grübelte er, "So wohl habe ich mich schon lange nicht mehr gefühlt." Jan verließ das Flughafengebäude und stieg in einen Flughafenbus in Richtung Heimat. Seine Augen wurden wieder unruhig und nervös spielte er an seiner Halskette, ein Geschenk seiner, in Namibia betreuten Kinder zum Abschied. 45 lange Minuten später hielt der Bus am Hauptbahnhof von Landshut und Jan stieg in ein Taxi, das ihn zum Haus seiner Mutter brachte. Dort angekommen schaffte er es kaum, das Taxi zu verlassen, doch es gab kein Zurück mehr und er läutete an der Eingangstür, diese ging kurz darauf auf und Jan hörte ein Keuchen. Und auch er erschrak, als er die Person vor sich erkannte.

Willkommen sieht anders aus

„Wer? Was willst du denn hier?" keuchte Jans jüngerer Bruder. „Hallo Ben", Jan fiel es schwer auf der Schwelle stehen zu bleiben. So feindlich sah Ben ihn an. Er musste an Julias Herzlichkeit und den Brief denken, so hielt er den Blick seines Bruders stand. Nur seine rechte Hand wanderte an den Kettenanhänger. „Mama hat mir geschrieben, und hier bin ich." „Mum?" Bens Blick wurde weicher, „Die ist im Krankenhaus." „Und?" Jan schluckte, „Wie geht es ihr?" Ben trat von der Tür zurück und nahm seinem großen Bruder den Seesack ab. „Komm erstmal rein. Hast du schon was gegessen?" Jan schüttelte den Kopf und folgte Ben in die Küche, wo er lächelnd auf den, rasch leergeräumten Stuhl fiel. „Nun sag schon", drängelte er seinen Bruder der langsam den Kühlschrank öffnete. Wie geht es Mum?" Ben seufzte: „Nicht so gut. Ich habe sie gestern ins Klinikum gefahren zur Chemo. Die nimmt sie ziemlich mit." Ben kaute an seinem Brot herum und auch Jan legte seines ab. „Sie hat mir gar nicht erzählt, dass sie dir geschrieben hat", Bens Gesichtsausdruck wurde härter. „Nachdem du einfach verschwunden bist." „Einfach verschwunden", fuhr Jan seinem Bruder an, „Du hast keine Ahnung wie man sich fühlt, als Schläger durch das Dorf getrieben zu werden. Du warst mir auch keine große Unterstützung!" „Ich war 12 Jahre alt und Dad," rechtfertigte sich Ben, doch Jan unterbrach ihn barsch: „Du hältst anscheinend immer noch zu ihm. Noch nicht gemerkt, wie er tickt?" Der 18 -jährige hob beschwichtigend die Hände „Doch inzwischen schon, er hockt auf seinem Geld, während ich nicht mehr weiß wie ich die homöopathischen Medikamente, welche die Auswirkungen der Chemo lindern, bezahlen soll." Jans Wut auf seinen Vater wuchs: „Er weiß Bescheid?" Während Ben von seinem vergeblichen Besuch bei seinem Vater erzählte, wanderte Jans Hand immer wieder zu seinem Hals. Es schien ihn zu beruhigen, nur die nervösen Augen verrieten seinen Zorn. Um den Bruder zu beruhigen, wechselte Ben das Thema Und die 2 jungen Männer erzählten von ihrem Leben in den letzten Jahren. Jan schlief, trotz totaler Übermüdung, sehr unruhig in seinem Jugendzimmer. Sobald er die Augen schloss, sah er seinen Vater vor sich, wie er seinen Sohn von der Polizei abführen ließ. Kurz vor Sonnenaufgang war er aus dem Bett gestiegen und stand mit einer großen Tasse Kaffee im Garten. Das kleine Dorf lag noch im Tiefschlaf und so konnte Jan die Ruhe genießen. Als er eine Bewegung im Nachbarhaus wahrnahm, trat er in den Schatten des großen Ahorns zurück. Er scheute die Begegnung mit den Nachbarn, die allesamt zu seinem Vater geholfen hatten. Jan wusste, dass seine Rückkehr nicht von allen und jedem gutgeheißen wurde und dabei war sein Vater nicht die einzige Baustelle. „Es sind drei Wochen", versuchte er sich Mut zu machen, „ich bin wegen Mum hier, sonst nichts." Auf dem Weg zurück ins Haus kam er am großen Spiegel vorbei. „Dich erkennt kein Mensch mehr", hörte er die verschlafene Stimme seines Bruders. „Du hast es getan", lächelte Jan und band seine Haare zusammen. „Das sind nur längere Haare und ein Dreitagebart" „Und ein Sixpack und unruhige Augen", berichtigte in Ben „Und der ständige Griff an deinen Hals." „Ein Geschenk meiner Kinder, sie soll mir Glück bringen", Jans Blick wurde weicher, wie immer, wenn er von seinen Kindern sprach. „Ab wann können wir zu Mum?" „Ab neun Uhr. Jetzt erstmal frühstücken. Mums Anblick geht ziemlich an die Nieren und das geht nicht auf nüchternen Magen." Ben zuliebe ließ Jan sich überreden, die ansässige Bäckerei zu besuchen, doch bereits beim Betreten bereute er ist wieder. Die Gespräche verstummten augenblicklich Und die anwesenden Kunden musterten den Eindringling in ihre Idylle feindselig. Jan wäre am liebsten wieder gegangen, doch Ben blieb eisern hinter ihm stehen: „Zwei mal das große Frühstück bitte," forderte er und dirigierte seinen nervösen Bruder in die Ecke der Bäckerei. „Na toll", murmelte Jan, „Frau Behn, jetzt weiß es gleich das ganze Dorf." „Lass dich nicht ärgern. Es sind nur Nachbarn." Der Jüngere wirkte viel erwachsener als er sein sollte. Der Ältere bekam ein schlechtes Gewissen: „Ich bin ja bald wieder weg, aber ihr müsst hier leben."

Julia

Julia saß in der U-Bahn Richtung Zuhause und wunderte sich über sich selbst. Was ist denn nur in mich gefahren? Ein wildfremder Mann. Jans unruhige Augen schienen sie immer noch zu verfolgen. Eigentlich hätte ich ihn gern näher kennengelernt, vielleicht meldet er sich ja. Lächelnd sah sie zu dem Fenster und betrachtete ihr Spiegelbild. Obwohl, warum sollte er? Julia war durch ihren Exfreund, der sie gegen ein Model ausgetauscht hatte, etwas verunsichert was ihr Aussehen betraf. Schulterlanges braunes Haar, dunkelgrüne Augen und Sommersprossen. Außerdem war sie mit ihren 1,68 Meter weit von Modelmaßen entfernt, auf die dieser so stand. Und als sie sich ein paar Monate vor der Trennung entschlossen hatte, sich ein Tattoo in Form einer Katzenpfote auf den Knöchel machen zu lassen, missfiel es ihrem Exfreund ebenfalls. Jan hatte sie jedoch nicht abfällig angesehen. Julia runzelte die Stirn: Jan? Wieso denk ich jetzt schon wieder an ihn? Als sie die Augen kurz schloss, sah sie ein markantes Gesicht mit langen schwarzen Haaren, unruhigen blauen Augen und einem unsicheren Lächeln vor sich. Das Läuten ihres Handys riss sie aus ihren Gedanken. So schnell sie konnte kramte sie es aus der Tasche „Jan?", fragte sie hoffnungsvoll. „Ach du bist es." „Na danke", hörte sie, „ich wollte eigentlich nur wissen ob du gut nach Hause gekommen bist." „Sarah es tut mir leid. aber ich weiß nicht warum, Jan geht mir einfach nicht aus dem Kopf." Sie hörte ihre Freundin am anderen Ende kichern, bevor sie entrüstet ausrief: „Liebe? Ich kenne ihn doch kaum!" errötend bemerkte sie, die anderen Fahrgäste, die sie lächelnd anschauten. Schüchtern lächelte sie zurück und war froh, dass sie ihr Ziel erreicht hatte und die U-Bahn verlassen konnte. Doch der junge, fremde Mann ging ihr nicht aus dem Kopf, auch als sie sich vor ihre Bücher setzte, schlichen sich Jans unruhige Augen immer wieder in ihr Bewusstsein.

Krankenbesuch

Endlich war es Zeit, um ins Krankenhaus zu fahren. Jan ließ seinen Bruder fahren, da er dazu nicht in der Lage war Der Weg von der Bäckerei zurück zum Haus war für beide Brüder zum Spießrutenlauf geworden, da plötzlich alle Nachbarn im Vorgarten zu arbeiten begannen. Irgendwann half Jan der Griff zu Kette nicht mehr und so löste er seinen Zopf, um mit den Haaren sein Gesicht zu bedecken. Niemand sollte sehen, wie sehr ihn die Blicke und das Flüstern zusetzten. Ben versuchte mit übertriebener Fröhlichkeit das Verhalten der Dorfbewohner zu übertünchen. Auch auf dem Weg zur Klinik versucht er seinen großen Bruder ab zu lenken. „Lass es einfach, bitte!" brummelte Jan. Als sie schließlich von der Klinik standen, band er die Haare wieder zusammen. In Landshut und in der Klinik kannte ihn niemand. Vor dem Krankenzimmer der Mutter sahen sich die Brüder an. „Bereit?", sagte Ben. „Nein", gab Jan zu, „aber da muss ich wohl durch." Ben öffne die leise die Tür und betrat als erster das Zimmer, Jan folgte ihm zaghaft. Seine, früher so starke Mutter lag klein und blass auf dem Bett. Ihre Gesichtsfarbe und ihre früher, ebenso schwarzen Haare unterschieden sich kaum von dem Kissen, auf dem sie lag. Mühsam wandte sie den Kopf, um ihren Sohn Ben zu begrüßen. Doch dann bemerkte sie die Person hinter Ben und ein Lächeln umspielte das kranke Gesicht: „Jan", flüsterte sie müde. Mit zwei schnellen Schritten war dieser am Bett seiner Mutter, sank auf den Stuhl und legte den Kopf auf ihre Hand. Tränen rannten über sein Gesicht „Es tut mir so leid Mum, warum hast du nicht früher was gesagt?" „Du hast doch dein eigenes Leben," meinte seine Mutter schwach, „Schön, dass du da bist." Mit der anderen Hand griff sie nach Ben und so saßen sie einige Minuten schweigend zusammen bis die Mutter vor Erschöpfung einschlief. „Gibst du mir den Schlüssel?", bat Jan leise. Ben warf ihm den Bund zu „Wozu?" „Ich werde unserem Erzeuger einen Besuch abstatten. Der ist Mum noch etwas schuldig". Entschlossen stand Jan auf. „Jan, warte, du weißt noch nicht alles." „Was sollte ich über den noch wissen wollen? Der ist mir egal, aber du hast gesagt du brauchst Geld. Also hole ich es dir. Ich könnte auch die Kreditkarte verwenden, aber das wird er irgendwann merken. Ich habe gestern schon meine Klamotten darüber gekauft." Ben lachte auf: „Du hast noch eine seiner Kreditkarten? Und die geht noch?" Sein Bruder verzog das Gesicht ebenfalls zu einem Lächeln: „Ich habe sie bei meiner Flucht einfach vergessen und sie sechs Jahre lang nicht genutzt. Nur - ich hatte mein letztes Geld für den Flug ausgegeben und bei dem Wetter in Sommerklamotten. Kichernd verließen die Beiden das Klinikgelände. Am Auto sah Jan seinen Bruder an: „O.K., raus damit." Ben wurde mit einem Schlag todernst: „Tja, wo soll ich anfangen? Als du Hals über Kopf verschwunden warst und Mum sich auf deine Seite gestellt hat, hat unser Erzeuger alle Zahlungen an sie eingestellt, damit sie dich nicht unterstützen könnte." Jan holte zischend Luft, als eine kurze Pause entstand. „Also hat Mum für uns Beide gearbeitet - sie wollte unbedingt, dass ich Abitur mache," fuhr der Jüngere fort, „aber das kann sie nun nicht mehr. ER - er lebt mit seiner neuen Familie in Saus und Braus, während wir von Mums kleiner Rente leben. Und wenn er dich jetzt sieht -."Jans unruhige Augen fixierten den Bruder: „Was soll er den tun? Mir den Geldhahn zudrehen? Oder mich verstoßen? Das hat er schon vor Jahren getan, als er mich angezeigt hat. Ich werde euch unterstützen so gut ich kann, aber dafür brauche ich einen Job." Ben holte tief Luft, um die nächste Bombe platzen zu lassen: „Und dann ist da noch Sophia -, die hat sich Dads Stiefsohn geangelt, der die Vaterrolle für Jonas angenommen hat." Sein großer Bruder sah ihn fragend an: „Jonas?" „Heißt das, du wusstest nicht, dass du ………" „Nein," Jan schrie beinahe, „Sophia hatte sich ja bereits zu Beginn der Affäre zurückgezogen. Und außerdem, ich habe keine Zeit und Geld für ein Kind - und keine Lust auf abgelegte Liebschaften." Er schloss die Augen und während sein Griff unbewusst an seinen Anhänger ging sah er vor seinem inneren Auge eine junge Frau. Aber das war nicht seine Exfreundin - es war die, ihm eigentlich völlig unbekannte Frau vom Flughafen - Julia. „Lass uns losfahren, bevor ich es mir anders überlege", meine er nach ein paar Sekunden, die Ben wie eine Ewigkeit vorkamen. „Los, weise mir den Weg." An Jans aggressiver Fahrweise konnte man seine Anspannung erkennen. Ben beschränkte sich darauf, ihn zu lotsen. Ansonsten hingen die Brüder ihren eigenen Gedanken nach, bis schließlich das große, weiße Einfahrtstor der Villa des Vaters in Sicht kam. „Wirst du in die Firma einsteigen?", fragte Jan gepresst. „Never", antwortete Ben resolut, „das will er auch gar nicht." Und mit einem letzten Blick auf seinen Bruder stieg er aus: „Zu Fuß kommen wir leichter rein," meinte er, als er den fragenden Blick von Jan sah. Also stieg dieser ebenfalls aus. Um sich sicherer zu fühlen öffnete er seinen Pferdeschwanz, so dass ihm seine schwarzen Haare über die Schultern fielen und mit seinem Dreitagebart einen verwegenen Ausdruck verlieh. Resolut betätigte er die Klingel und wappnete sich. Doch was sie erwartete, konnte sich keiner der Beiden vorstellen.

Konfrontation

Vorsichtig wurde die Tür geöffnet und ein kleines Ebenbild von Jan stand vor ihnen. Die gleichen pechschwarzen Haare und stahlblauen Augen, die sie beide jetzt neugierig musterten. Jan musste tief durchatmen und so verstrichen wertvolle Sekunden. „Wer ist es denn Jonas?", hörten die Brüder eine, ihnen wohlbekannte Stimme und schon stand der Patriarch in der Tür. Als er die Besucher erkannte veränderte sich sein Gesichtsausdruck und mit einer Geste schickte er das Kind nach drinnen. Als er sicher war, dass dieser nichts mehr mitbekommen konnte, wurden seine Stimme und sein Gesichtsausdruck zu Eis: „DU! Ich will dich hier nicht haben! Verschwinde von meinem Grundstück, sonst …!" Auch Jan wurde wütend: „Sonst was? Rufst du die Polizei? Darin bist du stark! Aber dass du deine Familie in Stich lässt, das ist richtig." Er sah gerade noch, wie sein Vater die Faust erhob und konnte so dem Schlag ausweichen. Ben griff nach seinem Bruder, als wollte er ihn daran hindern zurückzuschlagen. Doch Jan schüttelte ihn ab: „Keine Angst, ich tue ihm nichts. Darauf wartet er doch nur." Im Gegensatz zu den Jüngeren hatte sich der Vater nicht im Griff. Wie von Sinnen griff er seine Söhne an. Jan schob Ben zur Seite, so dass er den Schlag abfing. Ben schrie seinen Vater an, der immer wieder versuchte, seinen Ältesten zu treffen: „Hör auf damit! Jan hat dir nichts getan. Er wäre nicht hier, wenn du

Mum unterstützen würdest." Angelockt durch den Lärm erschienen weitere Bewohner des Hauses in der Tür und keiner von ihnen war begeistert, Jan zu sehen. Als Erstes war da Constanze, die neue Frau des Hauses, die den Reichtum des Vaters offen zur Schau trug. Bei jeder Bewegung klimperte der Goldschmuck und das gebotoxte Gesicht war zu keiner Regung fähig. Direkt hinter ihr tauchte Felix, ihr Sohn auf, der sofort seinem Stiefvater zur Seite sprang. Doch niemand hatte mit der Passivität von Jan gerechnet, was schließlich dazu führte, dass der Patriarch von seinen Angriffsversuchen abließ. Doch die Wut ließ nicht nach. Er verlegte sich nun auf Schreien: „Was ist los mit dir? Zu feige - oder Was?" „Nein, aber erwachsen geworden", entgegnete Jan und band seine Haare zusammen, „Sechs Jahre Namibia ist schließlich kein Kinderspiel. Aber da werde ich gebraucht und da fühle ich mich wohl." „Entwicklungshelfer - das ist ja lachhaft", spottete Felix, „Aber es passt." Um seine, nun doch aufkommende Wut zu bändigen, griff Jan an seinen Anhänger. Als er jedoch das selbstgerechte Grinsen der beiden Männer sah, platzte es aus ihm heraus: „Aber das Kind eines anderen als seines auszugeben, findet ihr in Ordnung. Obwohl jeder sehen kann, wessen Sohn er ist." Das Lächeln der anderen gefror und wie auf Stichwort erschien Sophia mit Jonas in der Tür. Jan schüttelte den Kopf und meinte mit Blick auf seinen Sohn: „Ich bin kein Vater - und damit ist es gut. Ich bitte euch nur um Geld um meine Mutter über ihre Krankheit zu bringen. Ich zahle es euch auch zurück - irgendwie." „Vorsichtig", warnte ihn Ben, „der ist zu allem fähig." Plötzlich erschien ein teuflisches Grinsen auf dem Gesicht des Vaters: „Ich hätte da schon eine Idee." Und Jan stimmte bereits zu, bevor er den Plan seines Erzeugers gehört hatte. Er wusste, dass er, wollte er der Mutter helfen, alles tun würde, was in seinen Mächten stand. Dem Patriarchen hingegen ging es nur darum, seinen „Sohn" zu demütigen.

„Du wirst es abarbeiten-in der Firma", grinste Bergmann Senior gehässig. Endlich schien er seinen Erstgeborenen da zu haben, wo er ihn haben wollte. Und er hatte nicht vor, seinen Söhnen und seiner Exfrau entgegen zu kommen.

Sklavenarbeit

„Jan, tu es nicht", versuchte Ben verzweifelt seinen
Bruder davon abzuhalten, den größten Fehler seines
Lebens zu machen. Jan schüttelte den Kopf: „Jetzt hör
mir mal zu, wir brauchen das Geld. Also werde ich es
abarbeiten. Ich werde ihm nicht die Genugtuung geben, mich zu bezwingen - und wenn ich dafür in der
Firma arbeiten muss." Am Frühstückstisch der beiden
Männer wurde es ruhig. Ben hielt die Stille jedoch
nicht lange aus: „Und ein anderer Job?", fragte er hoffnungsvoll, „Oder ich gehe:" Jan sah seinen kleinen
Bruder liebevoll an: „Mach dir keine Sorgen. Ich habe
ein paar Bewerbungen als Aushilfskrankenpfleger geschrieben. Sobald sich da was ergibt, bin ich frei." Er
legte ein paar Kuverts auf den Tisch und Ben versprach, diese einzuwerfen. Jan erhob sich und grinste:
„Danke. Ich muss los, - er wartet." Mit dem Fahrrad
waren es knapp zehn Minuten bis zur Druckerei des
Vaters. Jan gingen 1000 Gedanken durch den Kopf.
„Du tust es für Mum", sprach er sich Mut zu, als er die
Firma betrat. Am Treppenabsatz stand bereits sein
Vater und sah vorwurfsvoll auf die Uhr. „Wird aber
auch Zeit, es ist 7.15 Uhr!" Arbeitsbeginn ist 7.30 Uhr,
wollte Jan erwidern, schluckte die Entgegnung jedoch
hinunter. Wie vom Vater angeordnet ging er ins Lager,
wo er bereits vom Abteilungsleiter Chris erwartet
wurde. Dieser kannte Jan noch von früher und lächelte
freundlich. Als sicher war, dass sein Chef nichts mehr

mitbekommen konnte, fiel die Begrüßung herzlicher aus: „Hallo Jan, willkommen in der Sklaverei. Du wirst sehen, es ist nicht einfach für deinen Vater zu arbeiten. Bevor Jan antworten konnte rollte bereits der erste LKW auf den Hof und Jan packte mit an. Nach acht Stunden Lagerarbeit spürte der, an harte Arbeit gewöhnte junge Mann trotzdem jeden Knochen, was er jedoch nicht zugeben würde. Sein Vater drückte ihm mit verächtlichem Grinsen 70 Euro in die Hand, die er, ohne mit der Wimper zu zucken annahm. Chris runzelte die Stirn, er griff nach Jans Arm und zog ihn mit in die nächste Kneipe. „Raus mit der Sprache. —Was ist hier los?", wollte er wissen. Jan schüttelte erst den Kopf, doch als Chris nicht lockerließ, platzte es aus ihm heraus. „Ich brauche das Geld für meine Mutter. Da er es mir nicht freiwillig gibt, arbeite ich es ab. Also 100 Tage Sklaverei." Chris winkte einige Kollegen heran und weihte sie ein. Gleichzeitig erfuhr Jan von den Umständen in der Firma. Es waren nicht nur einige Mitarbeiter gekündigt und keine Neuen eingestellt worden; diejenigen, die noch einen Arbeitsplatz hatten arbeiteten für einen Mindestlohn im Akkord. Jan schüttelte verwundert den Kopf: „Was ist in den letzten Jahren hier passiert? Mein Vater war zwar noch nie einfach, aber ein Sklaventreiber?" Die Männer sahen sich gegenseitig an und jeder hoffte, der andere würde antworten. Als es zu einer peinlichen Stille kam lachte Jan auf: „O.k., ich finde es auch so raus. Ich will euch nicht in meinen Familienzwist hineinziehen." Der Rest des Abends verlief in einer gelösten Atmosphäre. Jan nahm sich vor, den Mitarbeitern zu helfen. Da war er wieder, der Jan der letzten Jahre, immer an andere, ohne an die Folgen für sich denkend. Und obwohl er sich bewusst war, sich mit dieser Aktion den Zorn des Vaters auf sich zu ziehen, wollte er helfen.

Julia 2

Knapp 100 km entfernt durchforstete Julia ihren Computer. Gut, dass sie sich den Namen auf der Kreditkarte gemerkt hat „Da muss doch etwas zu finden sein", murmelte sie vor sich hin und gab ein neues Suchwort ein. Plötzlich sprang ihr ein Zeitungsbericht ins Auge" Angriff auf Landshuter Industriellen" war da zu lesen. „Das ist es", rief sie laut und klickte den Artikel an. Doch was sie dort lesen musste, erschreckte sie. "Der Landshuter Industrielle Bergmann wurde gestern bei einem tätlichen Angriff schwer verletzt. Nach Aussagen von Zeugen war der Angreifer sein ältester Sohn, der von Polizeibeamten nach einer wilden Flucht verhaftet wurde." „Das passt doch gar nicht zu Jan", entschieden klappte sie den Computer zu, doch dann kam ihr eine Idee. Bei der Bildersuche über „Jan Bergmann" zeigte eine Menge Material. Jan als junger Abiturient, als hoffnungsvoller Firmenerbe und dann als gewalttätiger Schläger. Doch auch als Entwicklungshelfer war er immer wieder einmal in der Presse zu finden. Julia betrachtete fasziniert die Bilder des jungen Mannes, der lächelnd in einem Kreis von Kindern stand. Sie tippte auf das Foto und las "Jan Schuster(?) vom Katutura-Projekt inmitten seiner Schützlinge." „Das ist sein Leben, da hat keine Julia Platz", seufzte sie, bevor sie den Computer endgültig schloss und nach einem Buch griff. Doch irgendwie konnte sie sich immer noch nicht konzentrieren.

Erste Feindseligkeiten

Als Jan am nächsten Tag von der Arbeit kam, wartete Ben bereits auf ihn. Als er den müden Blick seines Bruders sah wusste Jan, dass etwas passiert sein musste. „Ist mit Mum alles in Ordnung?", fragte er atemlos. Ben versuchte ein Lächeln. „Ja, ja, der geht es den Umständen entsprechend. Aber…." Mit zittern-den Händen reichte der Jüngere seinem Bruder einen großen braunen Umschlag. Jans unruhige Augen musterten Ben, während er das Paket öffnete. Er hielt seinen Anhänger fest und warf die Papiere mit Schwung in die Ecke. Zeitungsausschnitte flogen durcheinander und Jan versuchte krampfhaft Haltung zu bewahren. Ben schluckte hart als der Zettel mit" Wir wollen hier keine Schläger" auf dem Boden landete. Obwohl er selbst nur mühevoll seinen Zorn im Zaum halten konnte, versuchte Jan zu lächeln. „Vergiss es", versuchte der junge Mann seinen kleinen Bruder zu beruhigen, „ich wusste von vorne herein, dass ich hier nicht willkommen bin. Aber wenn du darunter leidest, kann ich auch …" „Quatsch, du bleibst hier. Wir wis-sen, was passiert ist. Und alle anderen sind mir egal", rief Ben aus. „Ich hoffe nur, Mum bekommt davon nichts mit", lächelte der Ältere, bevor er den Umschlag mit Inhalt dem Altpapier zuführte. Das Thema beim Abendessen war die Firmensituation und Bens Weige-rung, in die Firma einzusteigen. Auch er wusste, dass die Firma nur auf Profit ausgelegt war und wer nicht mitzog, der konnte gehen. „Und da hier viele von der Firma unseres – Vaters - leben, halten sie still und tun alles, was er von ihnen verlangt", beendete Ben seinen Monolog. „Und was passiert mit den Gewinnen?", hakte Jan nach. „Gewinne?", lachte Ben heiser auf, „gibt es offiziell nicht. Aber hast du dir Constanze genauer angesehen?" Jan schloss die Augen und versuchte sich die neue Frau an der Seite ihres Erzeugers ins Gedächtnis zu rufen. Im fiel das Geklimper von vielen Ketten und Armbändern ein. Doch er war sich sicher, dass sein Bruder das nicht gemeint hatte und so sah er diesen fragend an. „Silikon im ganzen Körper, Beautybehandlungen en masse, einmal in der Woche Friseur, Maniküre und Pediküre. Außerdem trägt man im Hause Bergmann nur Designerklamotten. Selbst Jonas …", erklärte Ben, doch als sich bei der Erwähnung von Jonas der Blick des Bruders verdunkelte, verstummte er und schob ein leises „Sorry" hinterher. Jan winkte ab und nur der der unbewusste Griff an den Anhänger und die unruhigen Augen ließen erahnen, wie er sich fühlte.

Julia 3

Zum gefühlt 1000. Mal sah Julia während der Vorlesung auf die Uhr. Pestalozzi interessierte sie in ihrer besten Zeit schon kaum, aber jetzt? „Mann Julia, konzentrier dich", ermahnte sie sich selbst und versuchte ihrer letzten Pflichtvorlesung in Pädagogik zu folgen. Als der Dozent die Vorlesung beendete, flüchtete die junge Frau regelrecht aus dem Raum und rannte zur Cafeteria. Dort wartete bereits ihre Freundin Tanja mit einem Becher Kaffee auf sie. „Heiß und schwarz, du siehst aus, als könntest du ihn brauchen." Julia ließ sich seufzend auf den Stuhl fallen: „Danke, Pestalozzi ist immer so aufbauend." „Pestalozzi?", Tanja grinste „ich glaube dein Problem liegt woanders - groß, lange schwarze Haare …" „Hör bloß auf," Julia knuffte ihre Freundin und versuchte krampfhaft die verräterische Röte in ihrem Gesicht zu ignorieren. „Was soll so einer mit einer Lehramtsstudentin anfangen? Ein Sprössling aus einer reichen Unternehmerfamilie - und ein Held in Namibia:" Tanja lachte auf: „Immerhin liebt ihr beide Kinder. Und was du mir über seinen Vater erzählt hast - ich glaube nicht, dass dieser seinem verstoßenen Sohn etwas vom Reichtum abgibt. Ruf ihn an, dann weißt du, woran du bist." Die fortgeschrittene Zeit enthob Julia einer Antwort. Grübelnd ging sie in die nächste Vorlesung, von der sie jedoch auch nicht mehr mitbekam. Jans blaue, unruhige Augen schienen sie immer eindringlicher zu verfolgen und so war sie froh, als der Tag an der Uni beendet war. Doch als sie todmüde ins Bett fiel, war Jans Bild und sein schüchternes Lächeln, das so gar nicht zu seinem, wilden Äußeren passte, wieder allgegenwärtig. In ihren Träumen war er bei ihr und sie halfen sich gegenseitig über ihre Traumata hinweg. Der Wecker zerstörte ihre Träume und der nächste lange Tag begann.

Die Firma

Als Jan am nächsten Tag in die Firma kam, war von der angespannten Stimmung nichts zu spüren. Er erfuhr, dass der Chef heute nicht im Haus war, so wagte er es, in die Buchhaltung zu gehen und zu hoffen, dass dort jemand arbeitete, der ihm gewogen war. Langsam schlenderte er an den verschlossenen Türen entlang und versuchte den Namen daran ein vertrautes Gesicht zuzuordnen. Schließlich fand er es. „Hildegard Weber - Hauptbuchhaltung", las er. Er klopfte leise und ebenso leise kam das „Herein". Langsam öffnete er die Tür und trat ein. Vom Schreibtisch sahen ihm zwei gütige Augen entgegen die, als sie ihn erkannten, zu strahlen begannen. „Jan", entfuhr es der etwa 50-jährigen. „Hilde, schön, dich zu sehen", lächelte dieser zurück, „ich brauche deine Hilfe."

„Nicht hier, lass uns Mittag machen". Jan nickte und folgte Hilde, die mit seiner Mutter befreundet war ins gegenüberliegende Restaurant, wo sie sich einen Tisch in einer abgelegenen Ecke suchten. Dort konnten sie ungestört reden und schon bald fand Jan heraus, dass in der Buchhaltung dieselben Bedingungen herrschten wie in der restlichen Firma. Und das, obwohl sie genau wussten wie viel Gewinn jeden Monat eingefahren wurde. Als Jan Hilde um die Unterlagen bat stutzte sie kurz. „Das ist gefährlich-für beide von uns", flüsterte sie. „Ich weiß, was ich von dir verlange, aber ich mach das nicht für mich, sondern will euch helfen, dass ihr angemessen bezahlt werdet." Hilde lächelte ihn an: „Das ist wieder mal typisch für dich, aber du weißt, was passiert, wenn dein Vater es herausfindet. Aber andererseits …. Komm nachmittags, dann gebe ich dir alles, was du brauchst." „Danke", atmete Jan auf, „Ich komme gegen 15.00 Uhr:" Doch als sie von der Mittagspause zurückkamen, war die Stimmung wieder gekippt. Bergmann Senior war außerplanmäßig in die Firma gekommen und so unterließ es Jan, Hilde aufzusuchen. „Dann eben anders", nahm er sich vor, „ich habe nur keine Ahnung wie."

Jan war völlig frustriert, als er auf den Parkplatz trat, wo Ben auf ihn wartete. Er war so in Gedanken versunken, dass er den spielenden Jungen erst bemerkte als ihn der Ball traf. „Tschuldigung", hörte er kurz darauf. Jan lächelte den Fußballer an, doch als er genauer hinsah blieb ihm das Lächeln im Hals stecken. Vor ihm stand Jonas, sein kleines Ebenbild, der ihn neugierig musterte. Bevor einer von den Beiden etwas sagen konnte, ertönte eine schrille Stimme: „Jonas! Komm sofort her!" Der Kleine warf noch einen Blick auf Jan, bevor er in Richtung der Stimme lief. Jan sah ihm nach, doch bevor er weitergehen konnte hielt ihn jemand fest. „Lass die Finger von ihm", hörte er Constanze keifen. Und obwohl er für seinen Sohn nichts empfand stieß er gepresst hervor: „Was willst du von mir? Er ist mein Sohn und wenn ich ihn sehen will, werde ich das tun." Ben hatte das Geschehen aus dem Auto heraus beobachtet und kam ihnen jetzt entgegen. Als Constanze bemerkte, dass sie nun beiden Söhnen ihres Partners gegenüberstand zischte sie noch: „Du hörst von unserem Anwalt!", bevor sie Jonas packte und verschwand. Ben sah seinen Bruder fragend an: „Vatergefühle?" Jan rang sich ein Lächeln ab. „Ich kenne ihn doch gar nicht. Und er mich nicht. Aber ich konnte es mir einfach nicht verkneifen." „Das wird das Weltbild und die Sicht unseres Erzeugers auf dich nicht unbedingt verbessern", grinste Ben. „Mir doch egal", Jans Lächeln wich einem breiten Grinsen. Und so war die Stimmung der Brüder blendend als sie in der Klinik ankamen. Doch das sollte nicht so bleiben.

Schreckensnachricht

Als die Beiden in das Krankenzimmer der Mutter kamen war das Bett leer. Jan spürte Panik aufsteigen, doch er musste nun stark für Ben sein. Dieser war aschfahl geworden und sah seinen großen Bruder hilfesuchend an. Dieser begab sich sofort auf die Suche nach jemandem vom Pflegepersonal. Nervös stand er vor der Krankenschwester und hielt seinen Anhänger fest umklammert. „Können sie mir sagen, wo ich Frau Bergmann finde?" „Frau Bergmann? Die wurde auf die ITS gebracht." „Intensivstation! Was ist denn passiert?", Jan klang plötzlich sehr müde. Die Schwester wies auf die Tür hinter sich: „Da fragen sie am besten den behandelten Arzt." Der junge Mann nickte und winkte Ben zu sich. Gemeinsam standen sie kurz darauf im Arztzimmer. „Frau Bergmann? Es tut mir leid, aber wir konnten sie telefonisch nicht erreichen. Der Gesundheitszustand ihrer Mutter hat sich drastisch verschlechtert. Wir haben sie in ein künstliches Koma versetzt. Die Chemo mussten wir aussetzen, um die Lungenentzündung behandeln zu können. Aber ihre Mutter ist sehr schwach. Wir können nur hoffen." Jan lauschte versteinert dem Arzt, erst ein unterdrücktes Schluchzen riss ihn aus der Starre. Er drehte sich zu Ben um und nahm diesen in den Arm. „Das schafft sie schon", flüsterte er, obwohl ihm der Glaube fehlte. „Können wir sie sehen? Bitte", bat er mit belegter Stimme. „Ich bringe sie zu ihr", antwortete der Arzt und führte sie auf die Intensivstation. Dort standen sie vor der großen Scheibe und sahen auf ihre Mutter und die Schläuche, die sie am Leben hielten. Jan konnte den Anblick nicht lange aushalten und wandte sich zum Gehen. Ben folgte ihm und beinahe fluchtartig verließen sie die Klinik. Schweigend fuhren sie nach Hause. Dort fegte Jan die Post von der Fußmatte und stürmte in sein Zimmer. Erst jetzt konnte er die Verzweiflung nicht mehr zurückhalten und schluchzte hemmungslos in sein Kissen. „Oh Gott, warum tust du ihr das an?" Nach einer halben Stunde schlief er entkräftigt ein, doch kurz darauf war er wieder wach. Er brauchte jemanden zum Reden. So griff er zum Telefon.

Der Anruf

Julia klappte ihr Buch zu und stützte den Kopf in ihre Hände. So blieb sie eine Weile sitzen und dachte an den jungen, unbekannten Mann mit seinem schüchternen Lächeln. Das Klingen ihres Handys schreckte sie aus ihren Gedanken. Die Nummer auf dem Display war ihr unbekannt, doch ein Kribbeln in der Bauchgegend brachte sie dazu, sich zu melden. „Hallo?" Auf der Gegenseite herrschte tiefes Schweigen. „Jan?", Julia wagte einen Versuch. „Ja, ich …", kam leise nun doch eine Antwort. Julia musste lächeln: „Alles o.k. bei dir?" Jan schüttelte den Kopf und flüsterte: „Ja - Nein - ach ich weiß nicht:" Die junge Frau verlagerte ihren Standort auf den Balkon, während Jan tief Luft holte und etwas lauter zu erzählen begann: „Meine Mutter unterzieht sich einer Chemo, deshalb bin ich hier, doch nun hat sie sich auch noch eine Lungenentzündung zugezogen. Ich glaube ich schaff das nicht. Wenn ihr etwas passieren sollte …" Julia, die während Jans Monolog die Luft angehalten hatte, atmete nun tief aus.   „Kann ich dir irgendwie helfen?" „Sorry", kam es postwendend zurück, „wir kennen uns ja eigentlich gar nicht und ich belästige dich mit meinen Problemen. Ich kenne hier nur meinen Bruder und der ist genauso fertig wie ich. Also habe ich …" „Das ist schon in Ordnung", beschwichtigte Julia, „du kannst immer anrufen, wenn du jemanden zum Reden brauchst." Ein Klopfen verhinderte eine Antwort. „Ich ruf dich morgen an", hörte sie noch und weg war er. „Was war das denn?", grübelte sie. Sie sah Jan so klar vor sich, als stünde er vor ihr im Zimmer. Die Nacht verlief dieses Mal ruhig. Am nächsten Morgen fasste Julia einen Plan.

Als Jan am Morgen danach die Firma betrat sah man ihm die wenigen Stunden Schlaf deutlich an. Ben hatte ihn reden gehört und die Neugier trieb ihn in Jans Zimmer. Dieser wollte ihm zuerst nichts erzählen, doch schließlich redeten die Brüder doch miteinander und stellten fest, dass sie die gleichen Ängste quälten. Als Ben die Schmähbriefe ansprach, winkte der Ältere ab: „Es ist mir nahezu bei allen Leuten egal, was sie von mir denken. Wichtig sind nur Wenige. Du, Mum, meine Kinder und Kollegen in Namibia und …" Ein völlig ungewohntes Leuchten erschien in Jans Gesicht. Jan freute sich schon auf das Telefonat mit Julia heute Abend, so dass er sogar weiterlächelte als er seinem Vater gegenüberstand. „Was gibt es da zu lächeln? Zu wenig zu tun?", polterte der Patriarch sofort los. „Dir auch einen guten Morgen", erwiderte der Jüngere, „das Leben tritt dich oft genug mit den Füßen, da muss man die Glücklichen auskosten." Als der Vater ihn ungläubig ansah, fügte er hinzu: „Ach ja, falls es dich interessiert, Mum liegt im Koma. Danke für deine große Hilfe:" Bergmann Senior ballte die Fäuste: „Wie sprichst du eigentlich mit mir? Ich verlange Respekt! Ach ja, ich warne dich - Hände weg von Jonas, oder

…" Jan schüttelte den Kopf: „Oder was?" Als sein Erzeuger wutentbrannt von dannen zog, fügte er hinzu: „Respekt? Den musst du dir erst verdienen." So müde er auch war, das Beladen der LKWs ging ihm heute leicht von der Hand. Julias Bild wollte ihm seit gestern Nacht nicht mehr aus dem Kopf gehen. Die Veränderung fiel auch den Kollegen auf, doch keiner wagte es ihn darauf anzusprechen. Nur Hilde, die ihm in der Mittagspause die Unterlagen zusteckte lächelte ihn an und meinte: „Wenn ich es nicht besser wüsste, würde ich sagen, du bist verliebt." „Dafür ist es noch zu früh", lautete die Antwort.

Die Idee

Julia saß in der U- Bahn und googelte nach den „Bergmann Werken". Als sie fündig wurde verließ sie die
Bahn und nahm den Zug in Richtung Landshut. Kurz
überlegte sie: „Was ist, wenn er mich nicht bei sich haben will? - Dann fahre ich wieder zurück!" Als sie
schließlich mit dem Taxi vor der Firma ankam, ertönte
die Sirene, die das Ende der Schicht anzeigte. Julia
wurde nun doch nervös, doch dann kam Jan aus der
Tür und löste im Gehen seinen Haargummi und sein
Haar verdeckte kurz sein Gesicht. Kurz darauf erreichte er das Tor und schüttelte ungläubig den Kopf:
„Was machst du denn hier?". Sein kalter Ton ver-
stärkte die Unsicherheit der jungen Frau etwas. Doch
Jan lächelte sofort entschuldigend und fügte in wei-
cherem Ton hinzu: „Schön, dass du da bist." Die Nervosität verflog und als sie der junge Mann etwas unge-
lenk in den Arm nahm fühlte sie sich richtig wohl. Ein
Hupen zerstörte den intimen Moment. „Ben", erklärte
Jan, „wir wollen meine Mutter im Krankenhaus besuchen - komm doch einfach mit." Julia nickte und wie
selbstverständlich griff Jan nach ihrer Hand. Sein Griff
war fest, als würde er sich vergewissern müssen, dass
sie neben ihm stand, doch Julia merkte, dass seine
Stärke nur gespielt war. Am Auto angekommen, stand
Ben lächelnd vor ihnen und Julia staunte, wie sehr sie
sich ähnelten. „Ben - Julia, Julia - Ben", stellte er die
Beiden vor und zu Ben gewandt „Später". Ben grinste

die junge Frau an: „Willkommen in der Hölle." Julia lächelte zurück. „Lasst uns fahren", grollte Jan, der sah,
wie unbeschwert sein kleiner Bruder mit Julia umging.
Er bemühte sich um ein Lächeln und kurz darauf waren sie auf dem Weg in die Klinik. Während der Fahrt
versuchte Ben das Gespräch am Laufen zu halten,
während Jan immer stiller wurde. Seine Gedanken
fuhren Karussell. „Warum war Julia hier? Und wie soll
ich damit umgehen? Ich kann es mir nicht leisten…"
Als er Julias fragenden Blick im Rückspiegel bemerkte
versuchte er ein zaghaftes Lächeln und beschloss, Julias Anwesenheit einfach zu genießen.

Normalität

Der Zustand der Mutter war unverändert, so dass die Brüder schnell wieder zu Julia, die in der Cafeteria gewartet hatte, stießen. Als sie die Klinik verließen, atmete Jan auf, dennoch fuhren sie schweigend in Richtung Heimat. Jan hielt kurz darauf an einer Gasstätte an und lud die beiden anderen zum Essen ein. Dort erfuhr dann auch Ben die Geschichte des Kennenlernens und mit der Zeit fiel auch Jans Befangenheit ab. Schließlich wagte er die Frage zu stellen, die schon eine Zeit in ihm gärte: „Wie lange willst bzw. kannst du bleiben?" Julia legte die Hand auf seine: „Ich habe Semesterferien. Ich bleibe, solange du/ihr mich ertragen könnt." Vor dem Haus lagen erneut Zettel, die ihn aus dem Dorf vertreiben wollen. Julia konnte nur einen kurzen Blick auf diese werfen, bevor die Brüder sie in die Papiertonne warfen. Und dann war noch ein Schreiben des Anwaltes von Bergmann Senior, das ihm den Umgang mit Jonas verbot. „Willst du dir das gefallen lassen?" Ben und Julia sahen ihn fragend an. „Ich ziehe ihn da nicht mit hinein, es reicht, dass Mum und du darunter leiden müsst", antwortete Jan. „Blödsinn", widersprach ihm sein Bruder und auch Julia entgegnete: „Du willst denen doch nicht Recht geben. Wir suchen dir einen guten Anwalt und kämpfen mit dir." „Ich kann mir keinen Anwalt leisten und Jonas ist erst sechs. Vielleicht später einmal"; schloss Jan das Thema ab und sein Blick ließ keinerlei Widerspruch zu. Ben war die Stimmungsschwankungen seines Bruders bereits gewohnt, aber Julia zuckte merklich zusammen. Als sie kurz in ihr Zimmer ging zog der junge Mann Hildes Umschlag hervor, doch Ben musste noch etwas loswerden: „Wenn du so weiter machst, verschwindet Julia bald wieder aus deinem Leben." Jan nickte müde: „Ich weiß, aber ich bin es nicht mehr gewöhnt, mit jungen Frauen umzugehen. Und ich weiß nicht, ob ich sie zu sehr in die Sache involvieren sollte." „Das kannst du getrost mir überlassen!", die Brüder hatten Julia nicht zurückkommen hören. Doch jetzt stand sie in der Küche und ihre Augen blitzten zornig. Bevor einer der Männer reagieren konnte, rannte sie in den Garten. Ben wollte hinterher, doch Jan hielt ihn zurück: „Ich klär das selbst." Langsam verließ er die Küche. Julia stand an den Kirschbaum gelehnt und kämpfte mit den Tränen. Als Jan vor ihr stand, versuchte sie ein Lächeln. Sein Griff an den Anhänger zeigte ihr, wie nervös er war. „Julia, ich …", seine Stimme war kaum mehr als ein Flüstern, „… bin wirklich froh, dass du hier bist, aber meine Situation ist nicht einfach. Ich würde dich wirklich gern näher kennenlernen. Vielleicht …" „Ich bin nicht so zerbrechlich, wie ich aussehe", ihre Stimme war energischer als sie sich fühlte. Als sich die Zwei in die Augen sahen, mussten sie lachen. Julia schmiegte sich haltsuchend an ihn und Jan legte beide Arme um sie: „Hilf mir", flüsterte er. „Wie?" Jan stutzte und ließ Julia los. „Was?" „Wie kann ich dir einfach helfen?", hakte Julia nach. „Keine Ahnung, sei einfach da", antwortete er, „Gott sei Dank ist jetzt erst einmal Wochenende, Zeit einander kennen zu lernen." Am Samstagmorgen sprang Jan nahezu aus dem Bett und staunte, dass er sowohl Ben als auch Julia am Frühstückstisch sitzen sah. „Guten Morgen Langschläfer", begrüßten ihn beide kichernd. „Langschläfer? Es ist 6.30 Uhr. Und Wochenende." Jan hatte sich fest vorgenommen keine schlechten Schwingungen aufkommen zu lassen und so stimmte er in das Lachen mit ein. „Ich hole Frühstück", verabschiedete sich Ben mit Blick auf die beiden anderen, „und ihr macht Kaffee, wenn ihr das könnt." Jan knuffte seinen Bruder spielerisch: „Hau schon ab und lass dich nicht ärgern." Nach zehn Minuten war Ben wieder da und die Drei genossen das üppige Frühstück mit Semmel, Schinken, Croissants und Plunderteilchen. Ben schien das gesamte Sortiment der Bäckerei gekauft zu haben. Und Mums hausgemachte Stachel-Johannis- Himbeermarmelade schmeckte dazu himmlisch. Das erste Mal seit seiner Rückkehr aß der 24-jährige mit großem Appetit. Dabei unterhielten sie sich angeregt und Julia erfuhr weitere Details in der Sache Jan gegen Bergmann. Und die Brüder konnten Julia auch einiges über ihren Exfreund entlocken. Als sie den Frühstückstisch schließlich verließen war es, als würden sie sich schon ewig kennen. Ben war bereits verabredet, so dass Jan und Julia allein loszogen. Landshut begeisterte durch die mittelalterliche Kulisse und die Burg, die über der Stadt thronte und durch Jans Wissen um Sagen und Mythen wurde es für die junge Frau zum Erlebnis: Hand in Hand schlenderten sie durch die kleinen Gassen und Julias offenes Wesen ließ den verunsicherten Mann seine Zweifel vergessen. Wenn Julia in der Nähe war, war er nur Jan _ alles andere war unwichtig. Der Tag verging wie im Flug und als sie schließlich wieder am Haus der Mutter ankamen waren sie trotz weiterer Schmähzettel bester Laune. Ben saß mit einem jungen Mädchen im Wohnzimmer. Als Jan und Julia den Raum betraten, sah diese auf und zuckte zusammen. „Eva, das ist mein Bruder Jan und seine Freundin Julia. Jan, Julia, das ist Eva.“ Als Julia lächelte, löste sich auch Eva aus ihrer Erstarrung. „Freut mich“, lächelte sie zaghaft zurück. Jan sah seinen Bruder kurz an, doch dieser schüttelte den Kopf. „Eva ist erst letztes Schuljahr zu uns in die Klasse gekommen. Ich glaube nicht, dass …. "Julia drückte Jans Hand und ging dann auf Eva zu: „So wild, wie er aussieht, ist er gar nicht. Jans lange, pechschwarze Haare und der Dreitagebart können einen schon verunsichern.“ Wie gewohnt band Jan seine Haare routiniert zum Zopf zusammen und versuchte ein Lächeln. Verdammt - da war es wieder, das Gefühl der Unsicherheit, das Jan so hasste. Doch dieses verschwand sehr schnell und die Vier erlebten einen entspannten Abend. Spät am Abend stellte Eva dann die Frage, die Julia ebenfalls

schon länger beschäftigte: „Warum die langen Haare?"
„Aus Protest gegen das Establishment", entfuhr es
Jan, er verbesserte sich jedoch: „In Namibia sind Friseure Mangelware. Und irgendwann gewöhnt man
sich daran. Genauso verhält es sich mit dem Bart." Mit
einem Blick zu Julia fragte er: „Soll ich sie abschneiden? Oder mich rasieren?" Julia und die beiden anderen sahen ihn entsetzt an. „Aber dann wärst du nicht
mehr du", stieß Julia hervor und das andere Paar
nickte. „Na Gott sei Dank", grinste Jan. Als die beiden
Frauen im Badezimmer verschwanden stieß Jan seinen kleinen Bruder an: „Sie gefällt dir wohl, oder?" Ben
wurde kurz rot und konterte: „Und Julia? Du magst sie
doch?" Die Gesichtsfarbe seines Bruders glich sich
ihm an. „Ja sehr. Ich habe mich schon lange nicht
mehr so wohl gefühlt." Lange nach Mitternacht erhob
sich Ben und zog Eva mit sich. „Wir gehen jetzt schlafen. Wer als Erster aufsteht holt Frühstück." „Einverstanden", kam es unisono von den anderen und schon
waren Jan und Julia allein. „Müde?", fragte Jan nach
einer Weile und obwohl sie das Gähnen kaum unterdrücken konnte, schüttelte sie den Kopf. „Lügnerin!
Komm, lass uns gehen." Wie selbstverständlich nahm
er ihre Hand und zog sie hoch. Julia, die damit nicht
gerechnet hatte, verlor kurz das Gleichgewicht und
lehnte sich an Jans Brust. Vorsichtig strich sie über
seine Wange. Bis jetzt hatte er nicht viel Körperkontakt
zugelassen und auch jetzt versteifte er sich kurz. Doch

als die junge Frau ihre Hand zurückziehen wollte beugte er sich vor und küsste sie zaghaft. Der Kuss war zaghaft und doch ein Versprechen. Ein Versprechen an ihn selbst. Alles würde gut werden, solange Julia auf seiner Seite stand. Julias Gedanken waren ähnlich, vor allem bedeutete dieser Kuss, dass Jan die gleichen Gefühle für sie zu hegen schien. So schien der nächste Schritt nur logisch. Als sie im ersten Stock ankamen, gingen sie wie selbstverständlich in Jans Zimmer. Plötzlich wirkte der junge Mann wieder nervös. Auf Julias fragenden Blick stotterte er: „Ich weiß nicht, ich habe lange nicht …" Julia lächelte nun ebenfalls verlegen: „Wir müssen ja nicht …" Beide fingen nun gleichzeitig an zu lachen und die Nervosität verschwand. Während Jan im angrenzenden Bad verschwand, schlüpfte Julia aus ihrer Kleidung und unter die Bettdecke. Tief sog sie Jans Duft ein und mit einem breiten Grinsen sah sie zur Tür, die nun langsam geöffnet wurde. Jan war nur noch mit einer Boxershorts bekleidet und kam langsam näher. Julia lupfte die Decke und lud Jan zu sich ein. Jan verstand die Einladung und streifte seine Boxershorts ab. Mit einem verlegenen Grinsen schlüpfte er zu ihr. Sie empfing ihn mit einem innigen Kuss auf den Mund. Jan zuckte überrascht kurz zurück, genoss dann aber dieses Zeichen der innigen Zuwendung. Langsam begann Julia Jans Körper mit weiteren Küssen zu erkunden und entdeckte dabei auf seiner linken Schulter ein Tattoo aus afrikanischen Schriftzeichen. Jan ließ sich in seine Gefühle fallen und begann Julias Harre zu zerwühlen. Plötzlich schlang er seine Arme um Julia und legte sie auf den Rücken. Julia war von dieser spontanen und kräftigen Bewegung überrascht. Jan begann nun seinerseits Julias Körper mit Küssen zu übersähen. Das Liebesspiel der beiden jungen Leute wurde immer heftiger, bis Julia plötzlich auf Jan saß und ihn in sich eindringen ließ. Mit heftigen Bewegungen brachte sie beide zum Höhepunkt. Erschöpft sanken sie beide nebeneinander ins Bett. Julia schlief danach schnell ein und Jan studierte im Licht der Nachttischlampe ihre Gesichtszüge. Jede einzelne Sommersprosse, als wollte er sich das, inzwischen so vertraute Gesicht für immer einprägen. Als sich die junge Frau näher an ihn kuschelte kamen erneut Zweifel in ihm auf. Er war sich sicher, dass er sie liebte, aber war es auch fair, Julia mit seinen Problemen zu belasten. Ihr Auftritt und ihre Worte kamen ihm in den Sinn. Sie würde es ihm schon sagen, wenn es ihr zu viel werden würde. Er hatte seine sonstige Vorsicht über Bord geworfen- und sein Herz war verloren. Erst spät schlief er ein und war bereits vor Sonnenaufgang wieder wach. Sein Schlaf war traumlos gewesen, das erste Mal seit langer Zeit. Vorsichtig drehte er sich um und sah in Julias strahlendes Lächeln. Sie beugte sich über ihn und küsste ihn leidenschaftlich. Als er ihren nackten Körper über sich spürte erwachte das Verlangen erneut und sie ließen ihren Gefühlen und Begierden freien Lauf. „Wie war das mit Frühstück?", fragte ihn Julia danach atemlos. „Der, der als erster wach wird", grinste er zurück, „ich schlafe noch." „Faulpelz", Julia angelte sich Jans Hemd und schlüpfte hinein, „aber nur noch zehn Minuten." Nachdem die junge Frau das Zimmer verlassen hatte, angelte er nach seiner Jeans und schickte sich an, das Zimmer ebenfalls zu verlassen. Auf dem Gang stieß er mit seinem Bruder zusammen, der wissend lächelte. „Na und, du etwa nicht", erwiderte Jan. Als sie die Treppe hinabstiegen hörten sie Julias Stimme: „Doch bin ich - es ist etwas komplizierter - ich rufe dich morgen an. - Nein, kein Grund zur Sorge - ich melde mich." Julia legte das Handy gerade auf die Arbeitsplatte, als die Brüder die Küche betraten. „Meine Freundin", erklärte sie schnell, als sie Jans Blick bemerkte. „Reiß dich zusammen", ermahnte dieser sich selbst, „sie ist nicht dein Eigentum." Das versuchte Lächeln misslang völlig, doch Julia schien es nicht zu bemerken. War auch nicht schwer, da Ben gerade den Berg Pfannkuchen bemerkte und sich gierig darauf stürzte. „Hey du Vielfraß, lass uns auch noch was übrig", grinste sein Bruder ihn an. Kurz darauf kam auch Eva in die Küche und alle Vier machten sich über Julias Pfannkuchen her. Julia legte die Hand auf Jans Oberschenkel und sah ihn fragend an. „Manchmal ist er wie ein anderer Mensch", dachte sie, sprach es aber nicht aus. Jan wusste es auch so: Und so küsste er sie unerwartet. Bei der Tagesplanung wurden sie sich schnell einig. Die Brüder würden ihre Mutter besuchen, während die Frauen in der Cafeteria warteten und danach war ein Ausflug geplant. Ausflüge an die Orte von Jans Kindheit, waren für Julia ein Puzzlestein mehr, um Ihn besser kennen zu lernen. Leider verging der Sonntag viel zu schnell und als das Paar eng aneinander gekuschelt in Jans Bett lag, ahnte keiner von ihnen, dass die unbeschwerte Zeit zu Ende ging. Julia fragte ihren Partner nach der Bedeutung seines Tattoos. Jan lächelte. „Es gibt keinen Weg, der nicht irgendwann nach Hause führt", übersetzte er die Zeichen, „heißt soviel wie, irgendwann kommt jeder bei sich an". Julia fuhr gedankenverloren mit dem Finger über die Zeichen. „Hoffentlich kommt Jan bald bei sich an", dachte sie noch, bevor sie einschlief.

Der erste Schlag

Als am Morgen der Wecker klingelte, kämpfte sich Jan aus dem Bett. „Wir sehen uns heute Nachmittag", lächelte er seine verschlafene Freundin an, „ich freue mich drauf." Bester Laune betrat er kurz darauf das Firmengelände. Nichts und Niemand, so nahm er sich vor, würde ihm seine gute Laune verderben. Und so schaffte er es sogar, seinem Erzeuger ein fröhliches „Guten Morgen" entgegen zu rufen. Bergmann Senior, wie immer schlecht gelaunt, versuchte immer noch seinen Erstgeborenen mit Schikanen zum Aufgeben zu bewegen. „Es wird mir schon noch gelingen, dich los zu werden", murmelte der Firmeninhaber auf dem Weg ins Büro und griff zum Telefon. Kurze Zeit später läutete es an der Tür bei Schuster-Bergmann. Julia, die allein war, öffnete unbedarft die Tür. Vor ihr stand ein, äußerst wichtig aussehender Mann, der ihr ein Schreiben vor die Nase hielt. „Ich bin der Anwalt der Familie Bergmann und habe ein Schreiben für Jan Schuster", knurrte dieser und wedelte mit dem Schreiben. „Jan ist in der Firma", erwiderte die junge Frau selbstsicherer als sie sich fühlte, „aber ich gebe es ihm heute Abend." „Herr Bergmann erwartet die Antwort bis Morgen", Höflichkeit schien nicht seine Stärke zu sein. „Bei dem Klienten kein Wunder", flüsterte Julia, nahm ihm das Schreiben ab und schlug ohne ein weiteres Wort die Tür zu. Eigentlich wollte sie das Schreiben auf den Küchentisch liegen lassen, doch die

Neugier war größer. Also sah sie genauer hin „Adoptionsantrag und Verzicht auf Umgangsrecht" stand dort. Julia erstarrte. Jan hatte seinen Sohn bis jetzt zweimal gesehen und nun das. Wie würde er darauf reagieren? Würde er Jonas aufgeben? Oder sich wieder in sein Schneckenhaus zurückziehen? Sie griff zum Telefon und rief ihre Freundin Tanja an, um mit jemanden zu reden. Nach einer Stunde hörte sie den Schlüssel in der Tür und sah auf die Uhr. Vielleicht wusste Ben, der lächelnd die Küche betrat, ja Rat. Sein Lächeln erstarb, als er das blasse Gesicht sah. „Was -, was ist passiert?", fragte er und setzte sich zu Julia an den Tisch. Julia schob ihm wortlos das Schreiben hin. „Hat der Anwalt deines Vaters gebracht", flüsterte sie tonlos. Ben ergriff das Schreiben und fing an zu lesen. Bereits nach ein paar Zeilen ballte er wütend die Fäuste. „Der schreckt ja wirklich vor Nichts zurück." „Aber was sollen wir nur tun?", seufzte Julia, „wie wird Jan reagieren?" Wie auf Stichwort bekam sie eine SMS mit einem lächelnden Smiley. Ben zuckte die Schultern: „Kann uns der nicht einfach in Ruhe lassen? - Als ob Mums Krankheit nicht reichen würde." Die Suppe war schon lange kalt geworden und die Beiden saßen immer noch ratlos davor. Die Angst vor Jans Reaktion war zu groß.

Jan ahnte von all dem nichts. Er konnte es kaum erwarten nach Hause zu kommen. Schließlich war es so weit und er schloss fröhlich die Tür auf. „Bin wieder da", rief er, doch er erhielt keine Antwort. Als er in die Küche trat, sah er zwei bleiche Personen am Tisch sitzen und seine Laune sank sofort auf Null. „Was ist passiert? Ist etwas mit Mum?". Jan trat an den Tisch und hielt sich fest, doch als Ben den Kopf schüttelte entspannte er sich. Julia schob ihm mit zitternden Fingern das Schreiben hin. „Reg dich bitte nicht auf", flüsterte sie noch. Der junge Mann las den Brief und blieb dabei erstaunlich ruhig. Als er fertig war, lachte er heiser auf. „Das könnte denen so passen -Adoption – da träumen die von." „Die wollen bis morgen eine Antwort", fügte Ben hinzu. „Kann er haben", entgegnete sein Bruder und riss den Brief in tausend Teile. Danach küsste er Julia kurz und murmelte: „Ich brauche ein paar Minuten für mich. Bin bald wieder da." Und schon war er aus der Tür. Julia legte den Kopf in ihre Hände, den Tränen nahe flüsterte sie: „Hoffentlich macht er keinen Blödsinn."

Am Weiher

Wütend stapfte der junge Mann durch das Dorf. Wieder einmal hatte es sein Erzeuger geschafft, ihn aus dem Konzept zu bringen. Und das, obwohl er sich fest vorgenommen hatte, die Angriffe seines Vaters nicht mehr an sich heranzulassen. Aber dieses Mal würde er sich nicht unterkriegen lassen. Er fingerte die Telefonnummer des Anwaltes, den er aufgehoben hatte aus der Tasche und wählte. Als die Verbindung stand holte er tief Luft um seine aufgestaute Wut zu unterdrücken: „Ich stimme den Anträgen in keinen Punkten zu", erklärte er, „Jonas soll später einmal selbst entscheiden, wenn er alt genug dafür ist." Bevor der Anwalt etwas erwidern konnte, hatte er auch schon aufgelegt. Er hatte unbewusst den Weg zu seinem Lieblingsplatz eingeschlagen. Dort am Weiher, der von alten Bäumen umgeben war, die teilweise umgefallen, dem Wasser einen mystischen Anstrich gaben, war er als Kind oft gesessen, wenn die Eltern zuhause stritten. Er setzte sich auf einen, der zahlreichen Baumstämme und spürte, wie er sofort ruhiger wurde. Nach einer Stunde kehrte er nach Hause zurück. Dort erwarteten ihn die beiden anderen mit angespannten Mienen. Jan nahm seine Freundin in den Arm und küsste sie stürmisch, dabei versuchte er ein Lächeln. „Ich habe den Antrag zurückgewiesen. Und jetzt Schluss mit dem Thema. Der kann uns gar nichts. Und schon gar nicht unsere Laune verderben." Julia und Ben sahen sich fragend an, ließen sich aber von Jans guter Laune gerne anstecken. Das Schreckgespenst „Bergmann" war bald verschwunden. Keiner der Drei ahnte, dass der Familienpatriarch zum finalen Schlag ausholen würde. Und die Liebe und das Vertrauen auf eine harte Probe stellen würde.

Verhaftung

Nach einem entspannten Abend und einer leidenschaftlichen Nacht wurden Jan und Julia gegen 6.30 Uhr durch anhaltendes Klingeln unsanft aus dem Schlaf gerissen. Jan kämpfte sich mühsam aus dem Bett und stapfte ungehalten zur Tür. Bevor er sie öffnen konnte, waren die beiden anderen bereits an seiner Seite. „Sind sie verrückt, so einen Lärm zu machen", moserte Ben, während die Tür aufging. Vor der Tür standen zwei Polizisten. „Jan Bergmann?", die Stimme des Polizisten klang leicht genervt. „Schuster!", kam es postwendend von Jan zurück, „Was ist hier los?" „Gegen sie liegt eine Anzeige wegen Einbruch und Diebstahl vor. Sie sind hiermit festgenommen." Der Polizist baute sich bedrohlich vor der Gruppe auf. „Einbruch? Diebstahl?", Ben stellte sich instinktiv vor seinen großen Bruder. „Wann? Wo? Was?" Als der Polizist nicht antwortete, fügte er hinzu: „Ben Bergmann, ich bin der Bruder." Jans Griff ging an seinen Anhänger, bevor er mit geübtem Griff seine Haare zusammenband und nun ebenfalls fragte: „Dürfte ich wissen, was mir vorgeworfen wird?" Er merkte, dass Julia ihre Hand, die auf seiner Schulter lag, zurückzog. Diese, von ihr vielleicht unbewusste Bewegung stach ihm tiefer ins Herz, als die Tatsache, dass er verhaftet werden sollte. Endlich antwortete einer der beiden Polizisten: „Gestern zwischen 18.00 und 20.00 Uhr wurde in den Bergmann Werken eingebrochen und eine größere Summe, sowie Buch-haltungsunterlagen gestohlen. Sie wurden in der Nähe beobachtet. Und laut ihrem Vater kommen nur sie als Täter in Frage." Julia rückte noch ein Stück weiter von ihm ab. „Du hast doch nicht?", flüsterte sie. Jan spürte die Leere, die in ihm aufstieg: „Du denkst wirklich, ich hätte es getan? Wie konnte ich mich so täuschen?" Der Blick, den er ihr dabei zuwarf, war eiskalt. „Lassen sie uns gehen", fügte er an die Polizisten gewandt hinzu, „damit dieses Trauerspiel ein Ende hat." „Jan", rief Ben, „ich besorge dir einen Anwalt. Ich glaube an dich." „Danke, aber das können wir uns nicht leisten", der Ältere nahm seinen kleinen Bruder in den Arm, „sorge dafür, dass Mum nichts mitbekommt, sollte sie aus dem Koma erwachen."

Und wie sollte es anders sein. Kurz darauf wusste das ganze Dorf, dass das schwarze Schaf der Familie Bergmann in die Firma seines Vaters eingebrochen war. Jan war das alles ziemlich egal. Durch Julias mangelndem Vertrauen zog er sich wieder in sein Schneckenhaus zurück und saß nun teilnahmslos auf der Polizeiwache in Landshut. Zuhause war Ben, nachdem Jan abgeführt wurde, wütend auf Julia losge-gangen. „Was sollte das denn? Du glaubst wirklich, dass er so etwas tun könnte?" Julia, die von ihrem Verhalten ebenso erschüttert war, antwortete leise: „Nein, obwohl, ich weiß nicht. Du weißt doch selbst, wie wütend er gestern war." „Er – wir - haben uns wirklich in dir getäuscht. DU und nur DU allein bist schuld, wenn er jetzt aufgibt." Julia flüchtete in ihr Zimmer und packte ihre Tasche. Bevor sie das Haus verließ, griff sie zum Telefon und rief eine Nummer an: „Ich brauche dringend einen Termin. Heute noch!", hörte Ben noch, bevor die Tür zufiel und ihn allein in dem Haus zurückließ. „Wie in aller Welt kann ich ihm helfen?", murmelte er vor sich hin und sah aus den Augenwinkeln zwei fremde Männer in Richtung Schuppen gehen.

Hilfe

Julia konnte ihre Tränen auf dem Weg zum Bahnhof nicht zurückhalten. „Bin ich wirklich so oberflächlich? Hat Jan sich wirklich in mir getäuscht? Und das nennst du Liebe?" Als sie in München ankam hasste sie sich selbst. Kurz darauf stand sie vor einem großen Bürokomplex und betrat ihn. Vor einer großen Tür mit der Aufschrift „Winkler & Partner - Rechtanwälte" atmete sie tief ein. Dann stand sie auch schon im Büro des Anwaltes. „Winkler - was kann ich für sie tun?", hörte sie eine wohlvertraute Stimme. „Hallo Dad", flüsterte sie leise, „ich brauche deine Hilfe." Als der, sonst so taffe Anwalt, das verweinte Gesicht seiner Tochter sah, musste er sich kurz an seinem Schreibtisch festhalten. „Julia, oh Gott Kind, was ist denn passiert? Ist irgendetwas mit deiner Mutter?" Er schloss sie fest in die Arme und die junge Frau ließ ihren Tränen freien Lauf. Obwohl Julias Eltern schon lange geschieden waren, hatten sie immer noch ein gutes Verhältnis zueinander. Julia löste sich bald aus der Umarmung: „Nein, Mama geht es gut. Aber mein Freund - wenn er das noch ist, braucht Hilfe." Und so erzählte die junge Frau ihrem Vater die ganze Geschichte. Auch ihren Verrat ließ sie nicht aus. Martin Winkler stornierte sofort alle Termine und machte sich mit seiner Tochter auf den Weg. Julia hatte ihm auch erzählt, dass Jan kein Geld für einen Anwalt hat. Er sah seine Tochter lange an: „Sag mir eins, liebst du diesen Jan oder ist es nur dein schlechtes Gewissen." Darüber musste Julia nicht lange nachdenken. „Ich liebe ihn - auch wenn er sicher nichts mehr von mir wissen will. Dad - könntest du ihm bitte nicht sagen, dass du mein Vater bist? Ich weiß nämlich nicht, ob er deine Hilfe sonst in Anspruch nimmt." „Ich bin schon ganz gespannt auf diesen jungen Mann, der dir den Kopf so verdreht hat", lächelte der Vater, „aber wird er sich nicht über die Namensgleichheit wundern?" „Ich glaube nicht, dass ich ihm meinen Nachnamen genannt habe- war irgendwie nicht wichtig." Der Anwalt wunderte sich immer mehr über seine Tochter. So hatte er sie noch nie erlebt. „Was ist nur dran, an dem jungen Mann, dass seine sonst eher rational denkende Tochter alle Vernunft über den Haufen warf und emotional reagierte. Mit dem Auto war die Fahrt zu Jans Zuhause schnell vorbei. Die Nachbarn waren natürlich alle auf der Straße und beobachteten den schwarzen SLK, der vor dem Haus der Schuster Bergmanns hielt. Julia stieg langsam aus dem Auto und hörte einen der Nachbarn gehässig sagen: „Das ist die Braut des Verbrechers." Julia zuckte zusammen, doch Martin Winkler warnte ihn: „Noch ist die Schuld meines Mandanten nicht bewiesen. Sollten sie weiterhin solche Parolen verbreiten, werde ich das anwaltlich verfolgen." „Ein Anwalt? Wie können die sich so einen leisten", hörten sie noch, bevor Julia an der Tür klingelte, die kurz darauf eilig geöffnet wurde. „Endlich - was willst du denn hier?", empfing Ben die Besucher. „Winkler - Rechtsanwalt, dürfen wir reinkommen?" „Ben Bergmann", erwiderte der junge Mann und trat zur Seite, „Julia, wir können uns keinen Anwalt leisten." „Ich weiß", Julias Stimme war nur noch ein Flüstern, „aber wir brauchen ihn." „Keine Sorge", lächelte Martin, „alles schon bezahlt." Ben sah nun genauer hin und ihm fiel sofort etwas auf: „Dein Vater?". Julia nickte. „Aber sag Jan nichts davon, bitte", bat sie und Ben nickte. Kurz darauf saßen die Drei am Küchentisch und Ben brachte die beiden anderen auf den neuesten Stand. „Man hat im Schuppen die 30.000 Euro gefunden und in Jans Zimmer die Buchhaltungsunterlagen." „Nun müssen wir ihn erst einmal nach Hause holen", versuchte der Anwalt die beiden Jüngeren aufzumuntern. „Das bekommen wir schon hin." Als Martin sich auf den Weg zur Polizeidirektion machte, sprachen Ben und Julia miteinander. „Ich weiß, dass ich ihn verletzt habe, aber ich hatte einfach Angst. Obwohl ich tief in mir wusste, dass er damit nichts zu tun hatte. Ach, ich weiß nicht - aber ich weiß, dass ich ihn liebe und ich werde alles tun, um ihm zu helfen. Danach werde ich gehen, wenn er es will." Julia sah Ben verzweifelt an: „Verzeihst du mir?" Ben atmete tief ein. „Ich kann dich ja verstehen, aber du hast ihm die Hoffnung genommen. Er schien total verzweifelt, dass du denkst …" Julia kämpfte mit den Tränen, so dass er sie einfach in den Arm nehmen musste. „Es wird nicht leicht werden, ihn zu überzeugen, dass du an ihn glaubst", konnte er noch hinzufügen, als sie Martins Auto heranfahren hörten. Julia wand sich aus Bens Armen und lief die Treppe hoch. Kurz darauf ging die Tür auf und Jan trat, gefolgt von Martin in die Küche. Bei Jans Anblick erschrak Ben. Der, in den letzten Tagen so entspannt gewirkte Bruder, stand nun wieder mit unruhigen Augen und umklammerten Anhänger vor ihm. Ben umarmte seinen Bruder, der es ohne Emotionen über sich ergehen ließ. Dann sah er zu Martin. „Danke, für die Hilfe", flüsterte er in dessen Richtung. „Gern geschehen", lächelte dieser zurück, „nun brauchen wir eine Verteidigungsstrategie. Wir nehmen es ja offensichtlich mit dem ganzen Dorf auf."

Julia saß auf dem Treppenabsatz und hörte gebannt zu. Als sie die Verzweiflung in der Stimme ihres Geliebten hörte, wäre sie am Liebsten nach unten gelaufen, um ihn in den Arm zu nehmen. „Toll, das hast du dir selbst verbaut - blöde Kuh", murmelte sie leise. In der Küche erzählte Jan gerade von den Ereignissen, die zu seiner Flucht geführt hatten. „Und sie haben in den letzten Jahren keinen Kontakt zu Familie und Freunden?" Jan lachte bitter auf: „Freunde? Die haben sich alle schnell abgewandt. Wer will schon mit einem Schläger befreundet sein. Sie werden es erleben. Das gesamte Dorf steht auf der Seite meines Erzeugers. Seit ich wieder hier bin sind Ben und - ach egal - vor Anfeindungen nicht geschützt." Ben schüttelte den

Kopf: „Mach dir keine Sorgen, Wir - ähm ich bin stärker als du denkst. Ach ja, von wegen Anfeindungen. Das lag vor der Tür." Martin nahm Ben das Blatt ab, auf dem nur ein Wort stand: „VERBRECHER"

Der Anwalt, der seinen Mandanten genau beobachtete, merkte, dass dessen Gleichgültigkeit nur mühsam aufrechterhalten werden konnte. „Wenn die Sache vorbei ist, bin ich für immer weg. Und Mum und dich nehme ich mit." „Nun mal langsam", Martin verstand seine Tochter mit jedem Wort und jeder Geste von Jan besser. „Weiß die Polizei über die Zettel Bescheid?" Die Brüder schüttelten die Köpfe. „Es gibt aber mehr davon", presste Jan hervor, „die sind aber fast alle im Altpapier gelandet. Obwohl ein paar müssten noch in meinem Zimmer sein. Soll ich sie holen?"

Julia erstarrte. Wenn Jan jetzt nach oben ging und sie entdeckte, war alles aus. „Später", hörte sie ihren Vater sagen und atmete tief ein. „Sie haben mir im Auto erzählt, dass sie kein Alibi für die fragliche Zeit haben", fuhr Martin fort. Jan, der gedankenverloren mit seinem Anhänger spielte, nickte. „Nein, ich musste einfach allein sein und da bin ich zum Weiher im Wald gelaufen. Da ist nie jemand." „Du warst am Weiher?", Ben grinste, „das hätte ich mir denken können." „Aber ich habe gegen 17.30 Uhr mit dem Anwalt von Bergmann telefoniert", fiel ihm ein, „um ihm mitzuteilen, dass ich Jonas nicht aufgeben werde." Er zog sein Handy aus der Tasche und reichte es seinem Anwalt. „Das ist gut, da können wir den Standort des Handys bestimmen lassen. Das hilft uns. Wie weit ist es von der Firma zum Weiher?", lächelte Martin ebenfalls. „Das liegt in entgegen gesetzten Richtungen - und wenn Jan nicht gerannt ist - dann wäre er aber nicht so entspannt nach Hause gekommen - ca. 40 Minuten", entgegnete Ben, dessen Gesichtsausdruck sich immer weiter erhellte. Doch Jans Verzweiflung blieb: „Aber angerufen habe ich ein gutes Stück vor dem Weiher und für die 20 Minuten am Weiher gibt es keinen Beweis. Ich war gegen 18.30 wieder hier, aber zwischen 17.30 und 18.30 Uhr? Dieses Mal gewinnt er." „Nein!", Julia konnte sich den Ausruf nicht verkneifen. „Shit! Blöde Kuh", fügte sie hinzu und verließ ihren Platz auf der Treppe. Jan war bei ihrem Ausbruch zusammengezuckt. „Sie ist noch hier?", finster starrte er seinen Bruder an. „Warum?" „Julia hat", Ben stotterte, „sie hat …" „Mich geholt", half ihm der Anwalt, „Sie ist …" „Nein, du hast es versprochen, bitte …", Julia erschien in der Küchentür. Als sie den Blick den Jan ihr zuwarf bemerkte wurde sie kreidebleich. „DU KENNST IHN!", Jans Stimme war eiskalt, nur seine Augen milderten die Schärfe etwas. „Jan bitte, lass uns in Ruhe darüber reden", Julias Stimme erstarb. Der Angesprochene sah die beiden Männer an. „Das muss sie dir selbst erklären", kam es unisono. Jan stand so abrupt auf, dass der Stuhl zu Boden fiel. Dieses Geräusch ließ Julia zusammenzucken und sie gab den Weg durch die Tür frei. Jan stürmte an ihr vorbei und nahm immer zwei Treppenstufen auf einmal. Die junge Frau folgte ihm langsam. Als sie nach oben kam, stand Jan in ihrem Zimmer. „Also, ich höre!" „Jan, bitte, ich weiß du denkst, ich halte dich für schuldig. Ich habe völlig falsch reagiert und ..." „Ach ja, und vor lauter schlechtem Gewissen sorgst du dafür, dass mich ein Anwalt vertritt, den ich mir niemals leisten könnte. Muss ein tolles Gefühl sein, einem Looser wie mir zu helfen. Gut für dein Ego." „Martin Winkler ist ein Spitzenanwalt", Julia hielt seinem Blick nicht mehr stand, „und wir - also du - brauchst Hilfe. Willst du ihn gewinnen lassen?" „Das geht dich nichts mehr an", Jans Wut wich der Verzweiflung, „du glaubst ja nicht mal an mich. Und ich dachte, du liebst mich." „Das ist verdammt schwer, wenn du dich so verschließt", Julia konnte Jan nicht mehr ansehen und wandte sich zum Fenster, „jeder macht mal Fehler. Und nein, Martin ist nicht gut für mein Ego. Er liebt mich mit all meinen Fehlern." Sie stockte, als sie Jan tief Luft holen hörte. Sie nahm all ihren Mut zusammen und drehte sich um. In ihren Augen schimmerten Tränen. Sie griff in ihre Jackentasche und holte ihren Ausweis heraus, den sie Jan entgegenstreckte. „Martin Winkler ist mein - Vater. Er wird dir helfen und ich bin für dich da, wenn du uns lässt. Bitte - und wenn die Sache vorbei ist und du willst mich nicht um dich haben verschwinde ich - versprochen." Jan nahm reflexartig den Ausweis entgegen und zuckte bei der kurzen Berührung ihrer Finger zusammen. „Ich kann Verbündete gebrauchen, aber mehr auch nicht", antwortete er heiser. Er drehte sich um und verließ das Zimmer, um die Schmähzettel aus seinem Zimmer zu holen. Das Bett sah noch genauso aus, wie sie es am Morgen verlassen hatten. „Verdammt", flüsterte er, „Liebeskummer kann ich gerade wirklich nicht brauchen:" Er atmete ein paar Mal tief ein und ging dann zurück in die Küche. „Ich hoffe, sie nehmen meine Hilfe trotzdem an", lächelte Martin entschuldigend. „Nur wenn ich sie bezahlen darf - irgendwann", Jan versuchte krampfhaft seine Selbstachtung zurück zu gewinnen. Martin lächelte breiter: „Darüber reden wir später, wenn es soweit ist." Zu Ben gewandt fügte er hinzu: „Sie haben gesagt, das Geld wurde im Schuppen gefunden?" Ben zuckte mit den Schultern: „Ich war nicht dabei, ich habe die Beamten nur aus dem Schuppen kommen sehen, die Unterlagen waren in Jans Nachttisch." Jan schrak aus seinen Gedanken: „Unterlagen? Oh shit, die Papiere von Hilde." Als er in drei fragende Gesichter blickte fügte er hinzu: „Hilde arbeitet in der Firma und als ich mitbekam, dass die Mitarbeiter sehr schlecht bezahlt werden, während die Bergmanns im Reichtum schwelgen, habe ich sie um Hilfe gebeten. Das darf er aber niemals erfahren, sonst verliert sie ihren Job." „Typisch, du denkst immer nur an andere - verdammt noch Mal, denke doch einmal an dich", platze es wütend aus Julia heraus. Jan sah sie erstaunt an, während die beiden anderen nickten. Doch Jan lehnte weiterhin ab, Hilde zu involvieren. „Vielleicht reicht es auch so", Martin sah zwischen seiner Tochter und Jan hin und her, „Julia, könntest du uns etwas zum Essen zaubern und wir gehen zum Schuppen." Jan folgte ihm bereitwillig und auf dem Weg durch den Garten brachte Martin das Gespräch auf eine persönliche Ebene: „Du - oh Verzeihung sie - empfinden etwas für meine Tochter?" „Du ist schon o.k. Und ja, ich liebe sie. Im Moment bin ich wütend auf mich selbst. Ihre Reaktion war doch verständlich, aber ich habe sie, ohne zu zögern in die Schublade meiner Feinde gesteckt. Ich bin nicht gut darin Scherben, die ich produziert habe zu reparieren. Außerdem will ich sie doch nur vor all dem schützen." „Julia liebt dich. Ich habe meine Tochter noch nie so verzweifelt aber auch kämpferisch gesehen. Gebt euch einfach Zeit und ihr werdet sehen, es renkt sich alles wieder ein. Abgesehen wäre ich mit dir als Schwiegersohn sehr einverstanden." Jan lachte rau auf: „Mit einem NICHTS? Was bin ich denn schon?" „Ein junger Mann mit relativ geringem Selbstwertgefühl", grinste der Ältere zurück, „Entwicklungshelfer in Namibia, das schafft nicht jeder und mich als Anwalt zu bekommen, ist extrem schwer." Nun musste Jan doch lachen: „Ich schlafe mit der Tochter eines Staranwaltes, eine reife Leistung."

Im Schuppen, der unverschlossen und für jedermann zugänglich war, konnten die Männer nichts entdecken, außer, dass das Geld offensichtlich hinter dem Holzstapel versteckt gewesen war. Durch den gefrorenen Boden waren keine Fußspuren erkennbar. Trotzdem kamen die beiden Männer gut gelaunt ins Haus zurück, wo Ben und Julia bereits mit dem Essen warteten. „Tomatensuppe und Butterbrot", witzelte Martin, „mein Lieblingsessen." „Mehr ist nicht da", verteidigte sich Julia sofort., „Ben und ich fahren gleich einkaufen." Sie stutzte, als Jan und Martin auflachten: „Gut, dass ihr beide euch so gut versteht." „Meine Kinder wären für ein Butterbrot dankbar", murmelte Jan gedankenverloren und aß still vor sich hin. Julia sah ihn lange an „Wie kann man so einem Menschen etwas antun? Was ist dieser Bergmann für ein Vater." Sie lächelte ihren Vater liebevoll an und dieser lächelte zurück. „Dad, schaffen wir das?", flüsterte die junge Frau. Ihr Vater runzelte kaum merklich die Stirn: „Es wird nicht einfach, aber wir Vier gegen den Rest des Dorfes - wir schaffen das."

Nach dem Essen drückte Martin seiner Tochter die Autoschlüssel in die Hand. „Nimm mein Auto und holt etwas für uns." Julia schluckte kurz, setzte sich dann aber beherzt ans Steuer des SLKs und fuhr mit Ben nach Landshut. Dieser fühlte sich in dem teuren Wagen ebenso unwohl, doch die Einkaufstour machte Beiden dann letztendlich viel Spaß. „Stören dich eigentlich die Kommentare der Dorfbewohner?", fragte Julia, „ich finde sie ganz schön verletzend." Ben schüttelte den Kopf: „vor 6 Jahren schon, ich war 12 Jahre alt und wollte vom Wesen meines Erzeugers nichts wissen. Andererseits liebte ich Jan abgöttisch und wollte nicht verstehen, warum er uns in Stich ließ. Dass er es hauptsächlich deshalb tat, weil er Mum und mich schützen wollte, wurde mir erst später klar. Ich glaube, Mum verzeiht es unserem Erzeuger nie, dass er ihren Sohn vertrieben hat."

In der Zwischenzeit ging es zu Hause auch um die Vorgänge vor 6 Jahren. Jan hatte, außer Julia, keinem Außenstehenden erzählt, was geschehen war. Martin ließ ihn einfach erzählen und machte sich ab und zu Notizen. Als Jan bei seiner Abreise nach Namibia angelangt war, hakte er erstmals nach: „Hast du dort eine Ausbildung bekommen?" Der junge Mann lächelte: „Ja, ich habe bei den Ärzten ohne Grenzen eine Ausbildung als Krankenpfleger mit OP- Berechtigung gemacht. Eigentlich wollte ich immer Ingenieur für Luft- und Raumfahrttechnik werden, aber jetzt macht mir meine Arbeit richtig Spaß. Aber …", Jan stockte erneut. Martin legte ihm die Hand auf den Arm. Je länger er sich mit dem jungen Mann unterhielt, desto besser verstand er die Gefühle seiner Tochter. „Hätte dein Vater dein Studium finanziert?", fragte er nach. „Ich habe seit Langem keinen Vater mehr", Jan klang sehr bitter, „aber mit der Aktion hat er sich wohl endgültig ins Abseits geschossen. Aber um auf deine Frage zurück zu kommen - nein, ich glaube nicht. Damals gab es Constance und ihren Sohn schon und komischerweise war plötzlich Geld für Urlaube, Schönheitsoperationen und Glamour da. Während Mum uns mit dem Wenigen, das er zahlte und ihren Putz Job über Wasser hielt. Mum hätte alles dafür getan, um mir ein Studium zu ermöglichen. Und ich werde alles tun, damit Ben studieren kann." Jan war wie selbstverständlich zum „Du" übergegangen. Als er es feststellte, sah er Martin kurz an und als dieser nickte, atmete er erleichtert auf. Er hatte in den letzten sechs Stunden mehr Vertrauen zu seinem Anwalt gefasst, wie er es zu seinem Erzeuger je hatte. Als der Briefkasten klapperte erschraken beide kurz. Jan stand langsam auf und ging nachsehen. Wer hätte das gedacht? Ein Schreiben des gegnerischen Anwaltes. Martin nahm den Brief entgegen und öffnete ihn. „Antrag auf alleiniges Sorgerecht", las er und musste lachen, „Was ist denn das für ein Anwalt? Die Begründung ist ja lächerlich." Er zog sein Surface aus der Tasche und tippte eine mail an seine Sekretärin. Währenddessen hatte Jan den Brief ebenfalls gelesen und musste sich eingestehen, dass er kein Wort verstand. „Kannst du mir das in normales Deutsch übersetzen, bitte." Bevor Martin anfangen konnte, kehrten die anderen vom Einkaufen zurück. So musste er es nur einmal erklären. „Also, da du den Adoptionsantrag abgelehnt hast will man nun dafür sorgen, dass du keinen Kontakt mehr zu Jonas haben darfst. Begründet wird es im Großen und Ganzen damit, dass der Junge nicht ins kriminelle Milieu abrutschen sollte wie sein Vater." Julia und Ben wirkten schockiert, während Jan sich darüber amüsierte. „Bei seinem Großvater lernt er dafür, wie man Leute schikaniert und ausbeutet. Ich wollte Jonas, den man mir ja 6 Jahre vorenthalten hat, eigentlich aus der Sache heraushalten. Er kennt mich ja nicht, aber ich bin nicht bereit, mir alles gefallen zu lassen. Was werden wir tun?" „Ich habe meine Sekretärin angewiesen, Einspruch einzulegen und gleichzeitig eine einstweilige Verfügung zu erwirken, die eurem Erzeuger verbietet, Unwahrheiten zu verbreiten. Es wäre doch gelacht, wenn wir ihn nicht dazu bringen würden, sich selbst zu verraten." Julia blickte ihren Vater fragend an: „Du meinst, er hat es selbst getan?" „Er selbst vielleicht nicht, aber er hat dafür sicher jemanden gefunden. Anstifter ist er auf jeden Fall. Wer sonst hätte einen Grund, es Jan in die Schuhe zu schieben?"

Vernehmung

Für den nächsten Tag war eine erneute Vernehmung angesetzt. Martin hatte Jan gebeten, sich nicht zu äußern, sondern ihn antworten zu lassen. Der junge Mann hatte zähneknirschend zugestimmt. Mit der nächsten Bitte brachte der Anwalt seinen Mandanten ins Schleudern. „Ich weiß, das bist nicht du, aber hast du einen Anzug?" „Einen Anzug? Nein, das stand nicht auf der Einkaufsliste und in den Anzug zum Abitur passe ich sicher nicht mehr." Julia grinste Ben an und dieser rannte hinaus zum Auto. Kurz darauf kam er mit einer großen Tüte zurück, die er seinem Bruder in die Hand drückte. „Was zur Hölle ist das?", kam es postwendend zurück, bevor Jan in die Tüte griff. Zum Vorschein kamen ein dunkelblauer Anzug und ein weißes Hemd. „Julia hat gemeint, dass ihr Vater sicher darauf bestehen würde. Und da sie deine Größe kennt, haben wir einen gekauft." „Aber die Haare und der Bart bleiben dran", meinte Julia, „Sonst bist du nicht mehr du." „Aber im Anzug auch nicht", Jan wirkte verzweifelt. „Probiere ihn doch erst einmal an", bat Julia, „Wenn du dich zu unwohl fühlst, lassen wir es."

Jan verschwand auf sein Zimmer und sah kurz darauf in den Spiegel. Ein völlig anderer Mensch stand vor ihm. Als es klopfte, öffnete er gerade seinen Zopf und verbarg sein Gesicht hinter seinen Haaren. „Wow", klang es von der Tür her und Jan fuhr herum. Ben starrte seinen Bruder an: „Eines muss man Julia lassen, sie weiß was dir steht und sie hat einen tollen Geschmack." „Sonst wäre sie wohl nicht mit mir zusammen gewesen", konterte Jan, „aber wohlfühlen ist etwas anderes." „Dürfen wir dich auch bewundern?", kam es von Julia und bevor Jan es ablehnen konnte, standen Julia und Martin in der Tür. Jan sah instinktiv in ihre Richtung: „Warum runzelst du die Stirn? Nicht gut?", fragte er unsicher. Julia atmete tief durch: „Doch schon, aber irgendwie seltsam." Auch Martin war der Meinung: „Vielleicht etwas viel, aber mit Jeans ist es ideal."

So kam es, dass Jan am nächsten Morgen in Jeans, Sakko und weißem Hemd zu Martin ins Auto stieg. Die Nervosität war ihm anzusehen und Martin versuchte ihn, durch ein lockeres Gespräch abzulenken. Als sie an der Dienststelle ankamen band Jan, um seinen Händen etwas zu tun zu geben, seine Haare zusammen. „Nicht die Nerven verlieren", flüsterte Martin ihm zu, „Das bekommen wir schon hin." Und obwohl es Jan sichtlich schwer fiel zu schweigen, hielt er sein Versprechen und war nach kürzester Zeit tief beeindruckt. Alles was der Polizist gegen Jan vorbrachte, konnte Martin direkt widerlegen, so dass die Vernehmung nach einer knappen Stunde beendet war. Als sie den Raum verließen, stießen sie auf dem Flur mit Bergmann nebst Anwalt zusammen. Martin legte dem jungen Mann die Hand auf die Schulter, doch Jan hatte kein Bedürfnis etwas zu sagen oder zu tun. Und diese Gleichgültigkeit brachte den Patriarchen erst recht auf die Palme. „Was turnst du hier rum? Hat man dich nicht verhaftet?" „Winkler - ich bin der Anwalt von Herrn Schuster", grinste Martin, „Herr Bergmann, wenn ich nicht irre." Bevor dieser etwas erwidern konnte wurde er aufgerufen. Als die Tür hinter dem Erzeuger zufiel, atmete Jan tief ein. „Komisch, ich spüre nichts", antwortete er auf Martins unausgesprochene Frage, „Keinen Hass, keine Verachtung - nichts."

„Gut. Emotionen sind hier nicht unbedingt nützlich", der Anwalt stellte sein Mandat mit dem Schließen der Tür hinten an und legte den Arm um den Jüngeren. „Gut gemacht Jan", meinte er schließlich. Dieser zuckte mit den Schultern: „Ich habe nicht viel gemacht. Danke für deinen Einsatz." Gut gelaunt kamen beide zuhause an, wo Julia und Ben nervös durch die Küche tigerten. „Und, wie ist es gelaufen?", platzte es aus Julia heraus, kaum dass sie die Küche betreten hatten. „Sehr gut, Bergmann scheint nervös zu werden. Er wollte Jan provozieren, aber der ist ganz ruhig geblieben, Und nun heißt es einfach abwarten," schmunzelte der Anwalt. Ohne nachzudenken fiel Julia Jan um den Hals. Der legte kurz die Arme um sie, bevor er sie von sich wegschob. „Sorry", flüsterte die junge Frau und drehte sich schnell weg, damit keiner die aufsteigenden Tränen sah. „Ich geh mich umziehen", auch Jans Stimme war nur ein Flüstern, „bin gleich wieder da."

„Idiot", murmelte er auf dem Weg nach oben, „warum stößt du sie weg?" Nach zehn Minuten hatte er sich wieder so weit im Griff, dass er problemlos in die Küche zurückkehren konnte. Beim Mittagessen war die Stimmung etwas gedrückt, obwohl Ben und Martin versuchten diese zu lockern. Kurz nach dem Essen klingelte Martins Handy. „Ich muss mich in der Kanzlei sehen zu lassen, bin aber morgen Vormittag wieder da", weihte er die anderen ein, „und was ist mit dir. Kommst du mit, Julia?" Julia schüttelte den Kopf. „Ich begleite dich nach draußen", fügte diese leise hinzu. Schweigend verließen sie die Küche. „Sag mal, spinnst du!", zischte Ben, als sie allein waren. „Was?", Jan war so in seine Gedanken vertieft, so dass er einige Zeit brauchte, um den Ausbruch seines Bruders einordnen zu können. „Da geht Julia schrittweise auf dich zu und du stößt sie weg." Bens Wut war deutlich zu spüren: „Was soll sie denn noch tun?" Jan schluckte hart: „Meinst du, ich weiß das nicht? Ich würde nichts lieber tun, als sie in den Arm zu nehmen. Aber was ist, wenn das alles schief geht?" „Das wird es nicht!". Manchmal erschrak Jan wie erwachsen sein kleiner Bruder mit seinen 18 Jahren war.

Draußen war die Stimmung deutlich besser. „Kannst du mir ein paar Klamotten aus meiner Wohnung bringen?", fragte Julia und hakte sich bei ihrem Vater unter. „Klar, mach ich", schmunzelte ihr Vater, „aber, warum geht ihr beide nicht einfach einkaufen." „Jan hat dafür kein Geld und mein Budget ist auch schon etwas ausgereizt", grinste Julia. „Ich zahle es euch gerne", insgeheim war Martin froh etwas für seine Tochter tun zu können. „Ich – bin – nicht - MUM", knurrte diese zurück, „ich brauche dich und deine Hilfe, nicht dein Geld." Martin nahm seine Tochter fest in den Arm: „Ich weiß, du bist einzigartig meine Große. Gib nicht auf, Jan hat im Moment einfach Angst vor dem Ganzen." „Angst? Vor mir?", Julia stockte. „Eher vor der Macht seines Erzeugers. Ihr solltet ruhig miteinander reden. Wir sehen uns morgen."

Die Verletzung

Julia sah dem Auto lange nach. „Ruhig miteinander reden. Toller Tipp Dad, der hält es doch nicht mal mir in einem Raum aus", murmelte sie, während sie langsam ins Haus zurückkehrte. Als sie in die Küche kam bat sie Ben mit einer Geste, sie allein zu lassen. „Ich geh kurz telefonieren", sprach dieser und verließ die Küche. Jan saß auf einem Küchenstuhl und bearbeitete seinen Anhänger. Er sah nicht auf, als er langsam zu reden begann: „Es tut mir leid, aber ich will dich nicht weiter in die Sache hineinziehen." „Noch weiter?", Julias Stimme wollte ihr nicht richtig gehorchen, „Ich bin mittendrin und du machst es mir nicht gerade leicht." Jan sah sie endlich an. In seinem Gesicht stand der Schmerz deutlich geschrieben. „Ich weiß. Ich habe in den letzten sechs Jahren niemanden an mich herangelassen und meine Probleme allein gelöst. Das kann ich dieses Mal nicht."

Bevor Julia erfuhr, was Jan bedrückte, hörten sie einen Riesenknall und sie verspürte einen Schmerz an der linken Schulter. Jan sprang auf und riss die junge Frau hinter sich. „Was war das?", fragte Julia und hielt sich die Schulter. Blut sickerte langsam durch die Bluse. „Bist du o.k.?", presste Jan hervor. Ben kam durch den Knall angelockt in die Küche gerannt. „Was ist passiert? Oh Gott Julia, du blutest ja." „Alles halb so wild"; wollte sie die beiden Männer beruhigen, doch dann gaben ihr die Beine nach. Jan konnte sie gerade noch auffangen. Er hob sie hoch und legte sie im Wohnzimmer auf die Couch und zog ihr die Bluse von den Schultern. Dort klaffte eine blutende Wunde, die Jan professionell verband. Ben sah sich derweil in der Küche um. Neben dem Küchentisch lag ein Pflasterstein, auf dem mit schwarzen Edding das Wort „Verbrecher" stand. „Nicht anfassen, ich rufe Martin an", Jan stand kreidebleich in der Tür. Nachdem er Martin alles erzählt hatte, kehrte dieser sofort um und stand kurz darauf wieder in der Küche. „Was ist mit Julia?", dem sonst so taffen Anwalt fiel es schwer, seine Angst zu verbergen. „Sie schläft, es ist nur eine Fleischwunde, die aber stark geblutet hat. Ich habe sie verbunden, aber …"Jan fing erst jetzt an zu zittern. Martin trat in die Küche und sah sich um. Dann griff er zum Handy und rief die Polizei an, die kurz darauf in der Küche stand und die Tat aufnahm. Martin und die beiden Männer bestanden auf einer Anzeige. Als die Polizei das Haus wieder verließ, saßen die Männer erschüttert in der Küche. Jan sprach als Erster: „Martin, du musst Julia und Ben von hier wegbringen." „No Way", widersprach Ben, „hier ist mein Zuhause, und ich lasse mich nicht vertreiben. Und ich lasse dich nicht allein." „Ich bleibe auch hier", Julia stand, immer noch blass in der Tür, „Außer du kommst mit." Jan schüttelte nur den Kopf. Martin lächelte die Drei an: „Dann bleiben wir wohl alle Vier." „Aber deine

Kanzlei?" Jans schlechtes Gewissen war spürbar, „ich will nicht, dass meinetwegen …" „Die Kanzlei läuft von allein", versuchte Martin den Verzweifelten zu beruhigen, „und außerdem gibt es ja noch Skype. Ich werde mich für eine Stunde zurückziehen. Alles o.k. mit dir mein Schatz", fragte er an Julia gewandt. „Jaja, alles halb so wild." Jan lachte rau auf: „Alles halb so wild? Du wurdest meinetwegen verletzt. Verstehst du jetzt endlich, dass es besser für dich ist zu gehen?" Julia straffte sich und ging in Richtung Küchentisch. Jan sah sie immer noch nicht an, so dass sie die Hände auf seine Schultern legen konnte. Jan hatte plötzlich keine Kraft mehr sich zu wehren und lehnte sich kurz an sie. „Mich wirst du so schnell nicht los", flüsterte sie, „wir stehen das gemeinsam durch." Die beiden anderen Männer nickten schnell. „Wir können froh sein, dass Mum im Koma liegt. Wenn die wüsste …", überlegte Ben. „Die darf es nie erfahren", presste Jan hervor, „das würde sie umbringen." „Ich werde zu ihr ins Krankenhaus fahren und mich danach mit Eva treffen - Normalität halt", murmelte der Jüngere. Jan sprang so schnell vom Stuhl, dass Julia, deren Hände noch auf seinen Schultern lagen Wanken geriet. Er nahm seinen Bruder in die Arme und flüsterte: „Ich mach es wieder gut - irgendwie." Als Ben die Küche verlassen hatte sank er zurück auf den Stuhl. Dabei versuchte er krampfhaft, das zerstörte Fenster zu ignorieren, doch sein Blick fiel immer wieder darauf. Julia stellte sich schließlich vor die Fensterscheibe und versuchte ein zaghaftes Lächeln. „Normalität - das wäre schön", murmelte sie tonlos, „oder wir drehen die Zeit einfach ein paar Tage zurück." „Tage? Wohl eher Jahre - aber das geht ja nicht", murmelte er leise und startete einen neuen Versuch, „Du kannst in dein Leben zurückkehren, du musst nur gehen." Julia spürte, wie erneut Wut in ihr hochstieg. „Verdammt nochmal JAN!" Sie trat vor ihn und griff nach seinen Händen, so dass er sie ansehen musste. „Du bist so ein Sturkopf. Drei Menschen werfen ihr eigenes Leben über Bord, um dir zu helfen und du stößt sie weg- naja, mich zumindest - aber egal. ICH WERDE NICHT GEHEN! Ich liebe dich und ich weiß, dass wir Vier das alles schaffen. Wenn du nur ein wenig Vertrauen in andere Menschen hättest …" Julia ließ seine Hände los und sank vor ihm in die Knie. Dabei verzog sie unbewusst das Gesicht, als ein stechender Schmerz durch ihre Schulter schoss. Jan bemerkte das sofort und hob sie schnell hoch. „Was? Lass mich runter, bitte", flüsterte die junge Frau halbherzig. „No way, du hast Schmerzen, wir sollten einen Arzt holen", Jan konnte seine Angst nicht mehr unterdrücken. Er trug sie die Treppe hoch, Julia lehnte sich schließlich an seine Brust, lehnte es aber weiterhin ab, einen Arzt zu rufen. Dass Jan nachgab, kam dann völlig überraschend. „Na gut, ich werde es mir noch einmal ansehen, dann sehen wir weiter", lenkte er ein. Er legte sie sanft auf ihr Bett und sie zog die Bluse aus.

Als Jan das Pflaster abzog, hielt er unweigerlich die Luft an. Doch die Wunde hatte aufgehört zu bluten, nur die Schulter war blau angelaufen. „Jan?", drang es leise zu ihm durch und holte ihn zurück in die Realität. „Alles o.k. Du hast nur eine blaue Schulter, wahrscheinlich eine Prellung. Der Riss heilt von allein, nur die Schulter wirst du noch einige Zeit spüren", beantwortete er die unausgesprochene Frage, „du solltest dich etwas ausruhen." Julia nickte und schlüpfte in eines von Bens Shirts. Ein Einkauf war wohl unausweichlich. Sie traute sich schließlich doch, eine Frage zu stellen: „Bleibst du hier?" Jan zuckte kurz zusammen, nickte aber und als Julia ein Stück zur Seite rückte, setzte er sich neben sie, sorgfältig darauf bedacht, sie nicht zu berühren. Zwei Stunden später erwachte er und blinzelte verwundert. Er lag in Julias Bett und diese hatte ihren Kopf auf seine Brust gelegt. Sein Arm lag um die Schultern der jungen Frau. Um Julia nicht zu wecken, blieb er ruhig liegen. Seine Gedanken fuhren Karussell und er war sich plötzlich sicher: „Wenn diese Mistsituation vorbei ist, werde ich dir zeigen, wie sehr ich dich liebe." „Zeig es mir lieber jetzt", kam es von seiner Brust. Jan lächelte und zog die geliebte Person enger an sich. „Bist du dir sicher?", fragte er hoffnungsvoll, „und wenn ich in ein paar Stunden wieder …" Julia hob den Kopf und stützte sich auf die unverletzte Schulter: „Dann sag ich es dir schon." Jan beugte sich ebenfalls vor und küsste sie vorsichtig. In dem Kuss lag all die Verzweiflung aber auch die Hoffnung der jungen Menschen. Relativ schnell übermannte sie die aufgestaute Sehnsucht. Als Jans Hände unter das Shirt glitten, entzog sie sich ihm jedoch. Jan sah sie unsicher an, als Julia aus dem Bett kletterte und den Schlüssel im Schloss drehte. „Mein Vater ist nebenan", grinste sie und schlüpfte zurück ins Bett. Nun lächelte auch er, schloss sie vorsichtig in die Arme. Sanft drehte er Julia auf den Rücken und streifte ihr das T-Shirt über den Kopf. Julia gab sich trotz der Schmerzen dem Liebesspiel hin und genoss die Hormone, die durch ihren Körper schossen und die Verletzung vergessen machten. Erschöpft, aber glücklich sanken sie im Bett zurück. Kurz darauf hörten sie Ben rufen: „Jan! Bist du da? Ich habe Neuigkeiten und Kuchen!" Jan angelte nach seiner Jeans und schlüpfte hinein. „Kuchen, den dürfen wir uns nicht entgehen lassen. Kommst du mit?" „Ich komme in fünf Minuten nach. Du weißt doch, wie neugierig ich bin", grinste seine Freundin. Als Jan Julias Zimmer verließ, stieß er im Flur mit Martin zusammen, der ihn wissend anlächelte. Jan lächelte schüchtern zurück und ohne ein Wort zu sprechen, gingen die Männer nach unten in die Küche, wo Ben und Eva mit einem Kuchenberg auf sie warteten. Ben setzte gerade Kaffee auf und Eva erklärte: „Der ist von meinen Eltern, vom Geburtstag meiner Mutter übriggeblieben. Ist mit Julia alles in Ordnung?" „Bin schon da", erklang deren

Stimme und kurz darauf stand auch sie in der Küche. „Alles in Ordnung", sie warf Jan ein schüchternes Lächeln zu, doch diese kleine Geste genügte, um die anderen in den neuen Beziehungsstatus einzuweihen. „Du hast von Neuigkeiten gesprochen", Jans Stimme klang unsicher, „Gute oder Schlechte?" Julia trat neben ihn und griff nach seiner Hand, die er dankbar festhielt. Martin stellte den Kaffee auf den Tisch und forderte die anderen auf, sich zu setzen: „Setzen wir uns doch, im Sitzen lassen sich Neuigkeiten leichter verarbeiten." „Ich war bei Mum", fing Ben an zu erzählen, „und die Ärzte wollen sie bis Montag aus dem Koma aufwecken. Der Oberarzt hat erzählt, dass es in München eine Studie gibt, die auf die Krebsart von Mum zugeschnitten ist," „Das klingt verdammt teuer", es tat Jan leid, die Euphorie seines Bruders bremsen zu müssen, „und du weißt ja, ich habe keinen Job." „Die Krankenkasse würde die Teilnahme übernehmen", fuhr Ben fort, „und außerdem wäre sie in München aus der Schusslinie." Julia drückte unter dem Tisch seine Hand und Jan war überzeugt. „Na gut", stimmte er schließlich zu, „was müssen wir tun?" „Wenn Mum bis Montag aus dem Koma erwacht ist, wird sie nach München verlegt. Wir - oder du musst nur noch ein paar Formulare unterschreiben", klärte ihn Ben auf. „Aber erst morgen", meinte Julia lächelnd, „Wir sollten anfangen zu essen, bevor Dad am Tisch verhungert." Die vier jungen Menschen blickten zu

Martin, der bereits ein Stück Kuchen auf dem Teller hatte und darauf wartete, endlich anfangen zu können: „Bei Kuchen ist es mit meiner Disziplin vorbei", meinte er entschuldigend. Nun griffen auch die anderen zu und es wurde ein entspannter Nachmittag. Als Julia und Eva den Tisch abräumten, konnte die Jüngere ihre Neugier nicht mehr zügeln: „Mit dir und Jan wieder alles in Ordnung?" Julia spürte eine verräterische Röte aufsteigen, sie konnte nur nicken. „Wie hast du das denn hinbekommen?", hakte Eva nach. „Ich weiß nicht, wahrscheinlich war meine Verletzung schuld", gab Julia zu. „Ja, Ben hat schon erzählt, was passiert ist. Ist ja auch Dorfgespräch", flüsterte Eva zurück. Nun wurde Julia kreidebleich. „Und was spricht man so?", kam es von hinten. Die beiden Frauen fuhren herum und sahen in drei fragende Augenpaare. Eva schluckte: „Ich weiß nur das, was meine Mutter - die glaubt es übrigens nicht - mir erzählt hat. Das Dorf ist der Meinung, dass Jan es tatsächlich getan hat. Und mit dem erbeuteten Geld finanziert er nun den Staranwalt. Die Leute halten Jan für schuldig und finden es gut, dass einige von ihnen ihren Unmut offen kundtun." „Und Menschen verletzen, das ist legitim", presste Jan hervor, „unschuldige Menschen." „Ich glaube nicht, dass sie jemanden verletzen wollten", fügte Martin ein, „aber sie haben es billigend in Kauf genommen. Aber wir Menschen neigen dazu, vorschnell Urteile zu bilden. Und da 2/3 des Dorfes in der Firma eures V…

ähm Erzeugers arbeiten …" Nur Jans Griff an seinen
Anhänger zeigte, wie wütend er war. Er sah demonst-
rativ auf seinen leeren Teller, als versuche er krampf-
haft sie nicht zu verraten. Doch Eva kannte Jan nun
auch schon etwas besser und stockte, als sie ihn an-
sah. „Danke für deine Offenheit", presste er hervor.
„Vielleicht war es ein Fehler zurückzukommen." Als er
Julia scharf Luft holen hörte, fügte er sanfter hinzu:
„Aber dann hätte ich Julia nicht kennengelernt, und
Martin und Eva auch nicht."

Der Unfall

Jan sah in vier lachende Gesichter und seine Laune besserte sich sofort. Kurz darauf packte er Julias Hand und zog sie mit sich: „Ich zeige dir meinen Lieblingsplatz." Dick vermummt wanderte das Paar durch den beginnenden Schneefall. Jan hielt Julias Hand dabei ganz fest und Julia genoss die Zweisamkeit. Schließlich waren sie am Weiher angekommen, der still und verschneit auf der Lichtung lag. Das junge Paar liebte die Ruhe, die jedoch nicht lange andauerte. Von der gegenüberliegenden Seite sahen sie plötzlich einen kleinen Jungen mit Schlitten auf den See zulaufen und bevor sie reagieren konnten, stürmte er auf den zugefrorenen Weiher. „Jonas! Nicht!", schrie Jan, als er seinen Sohn erkannte. Dieser winkte kurz in ihre Richtung, bevor er zu springen begann. Und schließlich gab das Eis nach und der kleine Junge brach ein. „Scheiße! Schnell, ruf einen Notarzt!", rief Jan seiner Freundin zu und fing an zu rennen. In Windeseile hatte er eine geeignete Stelle erreicht, schlüpfte aus Jacke und Schuhen; erst dann robbte er auf dem Eis liegend in Richtung strampelndem Kind. „Ganz ruhig. Ich bin gleich da", versuchte er Jonas zu beruhigen. Doch der kleine Junge schlug in wilder Panik um sich und so kam es, dass die vollgesogenen Kleider und das Herumschlagen das Kind nach unten zogen. Jan bewegte sich schneller, aber immer noch auf seine Sicherheit bedacht in Richtung Loch. Dort griff er beherzt ins

Wasser und zog den Kleinen heraus. Dann robbte er vorsichtig zurück ans Ufer, wo ihm Julia das unterkühlte Kind abnahm. Sie begann es langsam von der nassen Kleidung zu befreien und wickelte es in Jans Jacke. Jan war so konzentriert bei der Sache, dass er nicht bemerkte, wie kalt ihm selbst war. Julia bewunderte seine Professionalität. Obwohl sein Sohn vor ihm lag, zeigte Jan keinerlei Emotionen. Oder war ihm ein Kind so egal? Als der Rettungswagen kam, nahmen sie ihnen das Kind ab. „Sie sind die Eltern?", fragte der Sanitäter. „Nein! Er ist der Enkelsohn von Bergmanns. Wir waren nur zufällig vor Ort", antwortete Jan etwas unwirsch. „Wenn sie uns nicht mehr brauchen, würde ich mich gerne umziehen." „Sind sie sicher, dass sie nicht mit ins Krankenhaus wollen?", der Sanitäter zeigte sich unbeeindruckt von Jans Verhalten. „Ja, bin ich", murmelte dieser. Als Jonas in den Krankenwagen gebracht war, fiel dem Sanitäter noch was ein: „Könnten sie uns bitte noch ihren Namen sagen. Ich bin mir sicher, dass sich die Eltern bedanken wollen." Jan sah den Sanitäter nur kurz an: „Nein! Mein Name tut nichts zur Sache. Ich will von denen keinen Dank. Das war doch eine Selbstverständlichkeit." Kopfschüttelnd stieg der Sanitäter in den Wagen: „Komischer Kauz", flüsterte er seinem Kollegen zu. Jan und Julia machten sich auf den schnellsten Weg nach Hause Julia sah ab und zu in Richtung Jan, doch obwohl er ihre Hand festhielt, war sein Blick wieder starr und ließ keine

Frage zu. Zuhause verschwand er wortlos in seinem Zimmer, um sich umzuziehen und überließ es Julia, die anderen ins Bild zu setzen. „Ich verstehe nur nicht, warum er seinen Namen nicht angegeben hat", schloss sie ihren Bericht ab. „Ich schon", erwiderte Ben und Martin nickte ebenfalls, „wenn die Bergmanns wissen, dass ausgerechnet der ungeliebte Sohn den geliebten Enkel gerettet hat, wären sie ihm zu Dank verpflichtet." „Genau", knurrte Jan von der Tür her, „die werden das niemals erfahren. Von wem auch? Von Julia und mir nicht, die Sanitäter kennen mich nicht und Jonas? Der auch nicht." „Aber sie können dich beschreiben", warf Julia ein. „Ich war es nicht, aus basta."

In der Klinik stand unterdessen die komplette Familie vor Jonas Bett. Dieser hatte, bis auf eine kleine Unterkühlung nichts abbekommen. „Und du weißt nicht, wer dich gerettet hat?", wollte Sophia zum wiederholten Male wissen. „Kenn ich nicht" beharrte der Junge, „und die Frau auch nicht." „Ein Paar also", meinte Bergmann Senior, „Aber warum wissen wir nicht wer?" Constanze, die Krankenhäuser hasste- Schönheitskliniken ausgenommen - wollte das Thema abschließen: „Bestimmt ein Arbeiter, der nicht erkannt werden will." „Ja, wahrscheinlich", antwortete der Patriarch und somit war das Thema gegessen. Warum sollte man auch einem einfachen Arbeiter dankbar sein. Jonas war in Ordnung und nur das zählte. Anders sah es bei

Schuster-Bergmanns aus. Dort war die Laune bestens und Martin bemerkte voller Freude, dass Jan und seine Tochter wieder zusammen glücklich waren. Obwohl er nach der Trennung von seiner Frau immer für seine Tochter da gewesen war, bemerkte er erst jetzt, wie erwachsen Julia geworden war. Und auch Jan, den er erst seit ein paar Tagen kannte, wirkte nun endlich gelöster. „Unbekannter rettet Bergmann-Enkel", stand am nächsten Morgen in der Zeitung. Martin war als Erster wach und studierte bereits den Artikel, als die Vier nacheinander eintrudelten. „Die Polizei sucht im Auftrag der Familie Bergmann nach dem unbekannten Paar, das für die Rettung des Enkels verantwortlich ist. Ob eine Belohnung ausgesetzt ist, ist bislang nicht bekannt. Es wird vermutet, dass es sich bei dem Retter um einen Angestellten der Bergmann-Werke handelt." Martin schüttelte den Kopf: „Je mehr ich von eurem Erzeuger erfahre, desto unsympathischer wird er mir." Jan und Ben schmunzelten. „Ich hätte gedacht, sein Enkel ist ihm etwas wert, nachdem seine Söhne schon Versager sind", kicherte Ben los, „ist aber offensichtlich nicht so." „Der kann nicht anders" schloss sich Jan an, „etwas, oder jemand, den er nicht kontrollieren kann, ist ihm nichts wert und selbst Gefühle lässt er nicht zu, denn die könnten eine Seite von ihm zeigen, die er selbst nicht sehen will." „Vergesst in einfach", grinste Julia, „Ich brauche etwas zum Anziehen. Wer fährt mit shoppen?" Eva lächelte zurück: „Normalerweise gerne, aber ich habe einen Termin mit meiner Mutter." Jan verzog kurz das Gesicht, nickte aber dann: „Dann können wir noch kurz bei Mum vorbeifahren. Und ich glaube, eine weitere Jeans würde nicht schaden."

Wende

Kurz darauf war das Paar mit dem alten Bergmann Auto unterwegs. Jan hatte sich geweigert, den Wagen von Martin zu benutzen. Als er vor dem Krankenhaus parkte, wirkte er leicht nervös. „Soll ich mitkommen?", fragte ihn Julia und der junge Mann nickte erleichtert. Hand in Hand betraten sie die Klinik, als ihnen von der Kinderstation Sophia, Felix und Jonas entgegenkamen. „Hallo", strahlte sie der Junge an. „Hallo Jonas", entgegnete Jan und zog Julia in Richtung Aufzug, doch bevor dieser kam, schob sich eine kleine Hand in seine. Jan erschrak kurz und sah seinen Sohn an. „Danke", flüsterte dieser, „ich sag keinem was." „Schon gut, Jonas", flüsterte Jan zurück, „ich werde es dir irgendwann mal erklären." „Was willst du hier, Jonas?", Felix Stimme klang schrill, „Kennst du den?" „Ja, der war mal bei uns - und er sieht aus wie ich", antwortete der Kleine trotzig. „Kinder", versuchte Julia die Situation zu entschärfen. Sophia stand wie versteinert daneben, unfähig etwas zu sagen oder zu tun. „Lass deine Finger von ihm", drohte Felix noch und zog Jonas davon. „Ist es das, was du willst, Sophia?", fragte Julia, „selbst Jonas sieht eine Ähnlichkeit. Du wirst es nicht mehr lange verheimlichen können." Sophia stand kreidebleich vor dem Paar. „Du warst das", presste sie hervor, „du hast ihm das Leben gerettet." Jan war froh, dass die Aufzugstür aufging: „Ich habe keine Ahnung, wovon du sprichst", entgegnete er und stieg in den Lift. Erst als die Tür zuging, entspannte er sich. Als er Julias Lächeln bemerkte, runzelte er kurz die Stirn. „Was?", wollte er wissen, „das war verdammt knapp." „Ja, schon", antwortete sie, „aber das Jonas dir ähnlichsieht, ist ja nicht von der Hand zu weisen, aber dass er denselben Charakterkopf hat …" „So wird man, wenn man bei Bergmann aufwächst", Jans Antwort war voller Sarkasmus. Die Ankunft auf der Intensivstation enthob Julia einer Entgegnung. Während sie in die sterilen Umhänge schlüpften trat ein Arzt zu ihnen: „Sie sind der Sohn von Frau Bergmann?", fragte dieser. Jan nickte. „Wir haben die sedierenden Medikamente heruntergefahren, um ihrer Mutter die Möglichkeit zu geben aufzuwachen. Die Chancen stehen sehr gut, dass sie das dieses Wochenende schafft und am Montag verlegt werden kann, sie atmet bereits wieder selbstständig. Ich bringe ihnen die Formulare zum Unterzeichnen."

„Vielen Dank", entgegnete Jan und Julia konnte sehen, wie seine Nervosität stieg. Sie schob den jungen Mann in Richtung Tür. „Ich warte draußen", meinte sie aufmunternd, doch Jan schüttelte den Kopf und zog sie mit sich. Seine Mutter wirkte noch zerbrechlicher als vor dem Koma und ihre Haare waren in den Wochen ergraut. Jan schluckte die aufsteigenden Tränen hinunter und ließ sich auf den Stuhl neben dem Bett sinken. Julia stellte sich kreidebleich hinter ihn. „Hoffentlich geht das gut", dachte sie. Jan schien den gleichen Gedanken zu haben, denn er konnte nicht mehr sitzen bleiben und begann unruhig durch das Krankenzimmer zu tigern. „Was, wenn es trotz allem schiefgeht. Wenn ihr etwas passiert oder wenn er gewinnt …" Julia wollte gerade auf ihn zugehen, als sie ein Flattern der Augen bei der Mutter bemerkte. Sie griff nach Jans Hand, doch bevor sie ihn darauf aufmerksam machen konnte, hörten sie beide ein kraftloses und sehr leises „Jan?" Jan erstarrte in der Bewegung und drehte sich nach ein paar Schrecksekunden um. Als er den Versuch zu Lächeln seiner Mutter sah, stürzte er in Richtung Bett. „Ich hole einen Arzt", flüsterte Julia und verließ den Raum. „Willkommen zurück", lächelte der junge Mann seine Mutter an. „Wie lange?", kam es gepresst zurück: „10 Tage, aber jetzt wird alles gut", versprach der Sohn, wohl auch, um sich selbst zu beruhigen. Julia und der Arzt betraten zusammen den Raum und Jan trat einen Schritt zurück, um den Arzt an das Bett zu lassen. „Ich habe Ben angerufen, der kommt gleich", meinte Julia. Als sie den fragenden Blick der Kranken bemerkten erröteten die jungen Leute. „Mum, das ist meine Freundin Julia, Julia, meine Mum", stellte Jan die beiden Frauen vor. Während sich über das Gesicht der kranken Mutter ein Leuchten ausbreitete, trat Julia neben Jan an das Bett. „Deine Freundin? Ach, wie schön", kam es etwas kraftvoller. „Freut mich, sie kennen zu lernen", antwortete Julia. Maria Bergmann hielt die Hand der

Jüngeren so fest sie konnte, als sich die Tür leise öffnete. Ben und Eva traten in den Raum, der von einer unnatürlichen Kraft erfüllt zu sein schien. „An einem Tag zwei Schwiegertöchter", lächelte die ältere Frau, „ach ist das schön." Ben sah seinen Bruder fragend an. „Später", flüsterte dieser zurück. „Hallo, ich bin Eva, Bens Freundin, es freut mich, dass es ihnen wieder besser geht", da Ben kein Wort herauszubringen schien, stellte sich Eva selber vor. Endlich erwachte Ben aus seiner Erstarrung: „Hallo Mum, schön, dass du wieder wach bist." „Ich scheine ja eine Menge verpasst zu haben", bemerkte diese, „ihr müsst mir unbedingt erzählen, was in der Zeit alles passiert ist." „Später, wenn du etwas kräftiger bist. Nun müssen wir aber etwas anderes mit dir besprechen" beendete Jan dieses Thema und erklärte der Mutter die Behandlungsalternative in München und die Teilnahme an der Studie. Nachdem Jan sich bereiterklärt hatte, noch einige Zeit zu bleiben, stimmte die Mutter schließlich zu. Sie schaffte es sogar, die Überweisungsunterlagen selbst zu unterschreiben. Als sie bemerkten, dass die Kraft nachließ, verließen sie das Zimmer. Im Lift hielt Ben es nicht mehr aus: „Schwiegertöchter? Habe ich was verpasst?" Julia hielt angespannt den Atem an, während sie auf Jans Antwort wartete. Jan griff instinktiv nach seinem Haarband und öffnete seinen Zopf, um etwas Zeit für die Antwort zu haben. „Ich habe Mum Julia als meine Freundin vorgestellt. Der Rest kam von ihr - aber wer weiß - „‚ fügte er hinzu, wagte aber nicht, in Julias Richtung zu sehen. Die drei anderen prusteten laut los. „Für einen Antrag war das aber ziemlich plump", kicherte Ben und brachte auch seinen großen Bruder zum Schmunzeln. Jetzt, da die Mutter auf dem Wege der Besserung war, konnte er auch etwas entspannen. Bester Laune ging er mit Julia zum Shoppen. Er überlegte kurz, die Kreditkarte seines Erzeugers erneut zu verwenden, verwarf aber den Gedanken sofort wieder. Da sein Gehalt für dieses Monat noch ausgezahlt worden war, hatte er einen kleinen Puffer. Julia bemerkte den Stimmungsumschwung sofort: „Alles o.k.?" Jan sah sie eine Zeitlang grübelnd an: „Ich brauche einen Job, lange reicht mein Geld nicht mehr. Und deinen Vater muss ich auch noch bezahlen." Julia lächelte und legte den Arm um ihren Partner: „Das bekommen wir auch noch hin." Wie selbstverständlich zückte sie Martins Kreditkarte und zahlte den kompletten Einkauf, ohne auf Jans Einwände zu achten. Jans Laune war kurz davor zu kippen, aber er ermahnte sich, sich zusammen zu reißen. Der Tag war viel zu schön, um sich von so etwas herunterziehen zu lassen. Mit einem Einkauf im Lebensmittelladen, der für ein ganzes Monat zu reichen schien, beendete das Paar den Tag in Landshut.

Ben und Eva trafen genau zum richtigen Zeitpunkt ein und das Abendessen verlief in einer gelösten Stimmung. Martin war froh, dass die Genesung der Mutter eine Last von Jans Schultern nahm. Als Eva schließlich von der Reaktion der Kranken auf die beiden Frauen schilderte, lachte Martin laut auf. Niemand hatte mit der Reaktion von Jan gerechnet. Dieser sprang wütend auf und verließ die Küche. Martin folgte ihm ein paar Augenblicke später. Er wusste, dass der Jüngere meist aus Verzweiflung oder Unsicherheit irrational reagierte. Jan stand an den großen Apfelbaum gelehnt und spielte mit seinem Anhänger. „Alles in Ordnung?", fragte der Ältere. „Ja - Nein. Ich weiß ja, dass Mum es gerne sehen würde, aber ich kann nicht heiraten. Ich kann Julia doch gar nichts bieten. Soll sie als Grundschullehrerin mich mitfinanzieren. Arbeiten kann ich im Moment auch nicht, außer ich kehre zurück nach Namibia. Es kränkt mich, wenn sie oder du meine Rechnungen zahlt, da ich mir sonst nicht mal eine neue Hose, geschweige denn einen Anzug leisten kann. Und was ist, wenn …" Obwohl der Satz unausgesprochen blieb, wusste Martin genau, was er meinte. Vorsichtig wog er die nächsten Worte ab: „Also, dass wir im Moment von meinem Geld leben, ist mir ehrlich gesagt egal. Julia wird später sowieso mal alles erben und ich finde es besser, dass wir es jetzt ausgeben, als nach meinem Tod in hundert Jahren. Und was die andere Sache angeht, du hast den weltbesten Anwalt an deiner Seite, was soll da schon schiefgehen?" Jan musste nun gegen seinen Willen doch schmunzeln. „Das mit dem Arbeiten ist wohl richtig", fuhr der Anwalt fort, „aber ich würde nichts überstürzen. Wenn du weißt, was du willst, finden wir eine Lösung. Jan - wie stellst du dir deine Zukunft vor? Gehst du zurück nach Namibia?" „Keine Ahnung", kam die ehrliche Antwort, „Namibia war zuerst eine Flucht, auch vor mir selbst, wurde dann aber zu meinem Leben. Aber jetzt ist da die Verantwortung für Mum, Ben und Julia. Zurück zu gehen, hieße sie zu verlassen. Das kann ich mir nicht vorstellen. Also heißt es hierbleiben - gut, nicht in dem Dorf, in dem er herrscht. Egal, wie es ausgeht, hier werde ich sicher nicht bleiben. Ich habe manchmal Angst, dass ich ihm ähnlicher bin, als ich es will. Was, wenn ich ebenso ein Despot werde wie er?" Martin wählte seine nächsten Worte noch sorgfältiger: „Ähnlich? Ja, das schon. Nach allem, was ich von eurem Erzeuger weiß, seid ihr beide Kontrollfreaks, die gerne die Kontrolle haben. Wenn euch das nicht gelingt, reagiert ihr aber völlig verschieden. Er mit Druck und du ziehst dich zurück. Also, dass du so wirst wie er, ist eher unwahrscheinlich." Martin legte den Arm um Jan und dieser schien sich zu entspannen. „Na großartig, nun muss ich wieder einmal das Fettnäpfchen beseitigen, in das ich gesprungen bin", knurrte Jan. Martin lächelte ihn ermutigend an. „Soll ich dir deine Auserwählte bringen?" „Ich komme gleich nach", erwiderte der Jüngere und Martin ging in Richtung Haus. Zurückgelassen grübelte er: „Wie kann ich das wieder ungeschehen machen? Und warum gerate ich immer in solche Situationen?" Verzweifelt fuhr er sich durch die langen Haare. Bevor er bereit war ins Haus zu gehen, kam Julia auf ihn zu. Eine Flucht war nicht möglich, also wappnete er sich den Vorwürfen seiner Freundin. Doch wieder einmal hatte er seine Freundin falsch eingeschätzt. Sie wollte ihm keine Vorwürfe machen, doch die Sorge um ihn war ihr deutlich anzumerken. Jan schaffte es nicht, ihrem Blick stand zu halten. Er war immer überrumpelt, dass es einen Menschen gab, der sich um ihn sorgte. Kurz bevor Julia ihn erreichte, blieb sie stehen und streckte die Hände aus. „Jan", setzte sie an und holte tief Luft, „du bist zu nichts verpflichtet. Wir sind erst seit Kurzem wieder ein Paar. Da spricht man nicht von Heirat oder Ewigkeit. Ich liebe dich mit all deinen Launen und Schwächen. Was kommt, das kommt." Jan schüttelte kaum merklich den Kopf, ergriff aber Julias Hände: „Schatz, ich bin das alles nicht gewöhnt. Sieben Jahre lang gab es nur mich. Mum und Ben habe ich erfolgreich verdrängt. Als der Brief kam, hat es mir die Füße davongezogen, also habe ich alles liegen und stehen lassen und bin Hals über Kopf in die Vergangenheit gereist. Dass das alles passiert konnte niemand ahnen, doch das schafft mich. Ich weiß, ich tue immer so, als würden die Anfeindungen mich kalt lassen, doch das ist nur Show. Ich wollte für meine Mutter da sein, doch wenn sie die Geschichte erfährt … Dein Vater meint, es wäre ein Kinderspiel gegen Bergmann zu gewinnen. Und was dann? Was die Dorfbewohner von mir halten, ist ja bekannt. Und was kann ich Jonas bieten? Absolut nichts. Ich liebe dich und würde dich am Liebsten nie wieder loslassen. Doch wohin soll das alles führen? Du zahlst meine Rechnungen, dein Vater arbeitet umsonst und Jonas wird nie erfahren, was für ein Mensch sein Vater ist." Es dauerte eine Weile, bis Julia merkte, dass Jan schwieg. Sie konnte nicht antworten, ging aber langsam näher, bis sie direkt vor ihm stand. Jan legte die freie Hand um ihre Taille und legte sein Gesicht in ihr Haar. „Gut, dass du zwanzig Zentimeter größer bist als ich", versuchte Julia ihren Geliebten aus der depressiven Stimmung zu holen. Und sie schaffte es auch dieses Mal. Kurz darauf gingen sie engumschlungen zurück ins Haus, wo bereits heiß diskutiert wurde. Eva hatte Ben genauer auf den Zahn gefühlt und wollte wissen, wie ernst er ihre Beziehung nahm. „Erst 18 zählt nicht", konnte man Evas energische Stimme hören, „wir sind seit 1 ½ Jahren ein Paar. So heimlich, dass nicht mal deine Mutter etwas merkte. Was habt ihr Bergmann für ein Problem mit Gefühlen?" Während Julia und Martin gebannt zuhörten, fing Jan zu lachen an: „Willkommen im Gefühlschaos der Familie Schuster-Bergmann." Ben sah ihn zornig an, ersparte sich aber einer Antwort und ging langsam auf Eva zu. Julia zog Martin und Jan blitzschnell aus der Küche, damit die beiden anderen ihre Beziehung kitten konnten. Jans Lachen wich einem entspannten Lächeln, dass Julia mit gerunzelter Stirn quittierte. „Liegt wohl in der Familie", versuchte er zu erklären, „Wahrscheinlich sind wir beide etwas verkorkst und das hat nur sekundär mit der Situation von damals zu tun." Nach kurzem Nachdenken fuhr er fort: „Wenn ich darüber nachdenke, kann ich mich nicht erinnern, dass es zwischen meinen Eltern jemals einen Zärtlichkeitsaustausch gesehen zu haben. Gut, wir zwei waren vorgesehen als Firmennachfolger, armer Bergmann, das war wohl nichts, dafür hat er ja jetzt Felix und später Jonas." Jan beschloss für sich, dass er alles daransetzen würde, dass Jonas nicht das Gleiche erleiden musste wie er selbst. In der Küche war es verdächtig still geworden, doch kurz darauf fiel die Haustür laut ins Schloss. Eva war wutentbrannt aus dem Haus gelaufen und ließ Ben ratlos zurück. Als die drei anderen in die Küche kamen schenkte ihnen Ben einen Blick, der sie davon abhielt Fragen zu stellen. Später versuchte er öfters, Eva zu erreichen, doch diese ging nicht an ihr Handy. Die anderen versuchten nun Ben aufzumuntern und Jan war froh, dass es dieses eine Mal nicht um ihn ging. Da er aber relativ wenig Erfahrung im Umgang mit seinem kleinen Bruder hatte, waren seine Bemühungen am Anfang etwas verkrampft. Auch hier bewunderte er Julia und Martin, die sehr locker mit der Situation umgingen. „Was für ein Mensch wäre ich, wenn das alles nicht geschehen wäre?", dachte er kurz, bevor er sich der guten Laune anschloss. Ebenso verlief der Sonntag, der durch Mums Fortschritte und ihrer Vorfreude auf die, ihrer Meinung nach zur Heilung führenden Therapie, zur Steigerung des Wohlbefindens seitens Jan führte. Ganz langsam schien sich der Frühling festzusetzen und die Natur war bereit für Neues. Jan beschloss ebenfalls, die Vergangenheit hinter sich zu lassen. Die negativen Stimmen der Dorfbewohner kamen mehr und mehr zum Erliegen, was auch daran liegen konnte, dass im Hause Schuster niemand darauf reagierte und Martin jedem mit gerichtlichen Konsequenzen drohte, der Unwahrheiten verbreitete. Martin hatte die jungen Menschen darauf vorbereitet, dass die Polizei eventuell nicht bereit wäre, das Verfahren gegen Jan einzustellen und es somit doch noch vor Gericht gehen könnte.

Der Artikel

Am Montagmorgen fuhren Jan, Ben und Julia in die Klinik, um die Verlegung der Mutter zu organisieren. Als sie das Krankenhaus betraten fiel Julia die Überschrift einer regionalen Zeitung auf „Diebstahl in den Bergmann Werken - Muss der Sohn vor Gericht?" Erschüttert zog sie Jan am Ärmel. Dieser sah sie fragend an, bevor sein Blick ebenfalls auf die Zeilen fiel. „Scheiße!", entfuhr es ihm und ging in Richtung Kiosk. Die beiden anderen folgten ihm und Julia kaufte alle Exemplare auf. Schnell deponierte sie diese im Auto und kam kurz nach den beiden Männern in das Zimmer von Frau Schuster, die schon reisefertig auf ihrem Bett saß. Als Julia das Zimmer betrat, erschien ein Lächeln auf dem Gesicht der Kranken und Julia lächelte zurück. „Alles in Ordnung", flüsterte sie Jan zu und die Anspannung fiel von den beiden Männern ab. Die nächsten Minuten verbrachten sie mit dem Ausfüllen von Formularen, wie Bankvollmachten und Verlegungsplänen. Der Krankenpfleger sah kurz vorbei und teilte ihnen mit, dass die Verlegung um 11.30 Uhr stattfinden würde. Die Mutter sah ihren Ältesten an und bat die beiden anderen, sie kurz mit Jan allein zu lassen. Kaum wurde die Tür hinter ihnen geschlossen, fixierte sie ihren Sohn, dem reichlich ungemütlich wurde. „Reichst du mir mal bitte meine Tasche", bat sie. Als Jan die Tasche hochhob, fiel die Zeitung heraus. „Verdammt", flüsterte Jan und wagte es nicht, in

Richtung der Mutter zu blicken, „reg dich bitte nicht auf, ich habe damit nichts zu tun. Und Julias Vater ist Anwalt. Mit dessen Hilfe werden wir das auch beweisen." „Dass du damit etwas zu tun hast, glaubte ich nie. Ich frage mich nur, wann ihr mir davon erzählen wolltet." „Eigentlich nie", erwiderte Jan, „wir wollten dich damit nicht belasten. Du sollst in Ruhe gesund werden. Ich kämpfe mit den drei anderen gegen meinen Erzeuger. Und wenn du wieder gesund bist, gibt es ein Riesenfest." „Aber", entgegnete die Mutter, „es ist doch alles meine Schuld. Hätte ich den Brief nicht geschrieben, wärst du nicht hier und …" „Und ich hätte Julia nicht kennengelernt", grinste Jan, „und wer weiß, vielleicht kann ich nun endlich mit der Vergangenheit abschließen und irgendwann auch Jonas ein guter Vater sein." „Das wäre schön", lächelte die Kranke zurück, „hör zu, in meinem Nachttisch liegen zwei Sparbücher. Die gehören euch. Wenn ihr Geld braucht, nehmt sie einfach." „Nur im Notfall", nickte Jan. In Diesem Moment ging die Tür auf und der Pfleger und die beiden anderen betraten den Raum. „Fertig?", fragte er und die Mutter nickte. „Passt auf euch auf und zeigt es dem Tyrannen. Ich weiß Bescheid", erklärte sie, als sie den fragenden Blick ihres jüngeren Sohnes bemerkte. Zuhause erzählte Jan von dem Gespräch mit der Mutter. Julia und Ben sahen kichernd auf den Zeitungsstapel. „Und nun lesen wir alle 20 Artikel gleichzeitig", prustete Ben und begann die Zeitungen auf dem Tisch zu verteilen. Martin schnappte sich ein Exemplar und begann zu lesen. Gleich darauf griff er zu seinem Telefon und rief in der Redaktion an. Er tigerte im Wohnzimmer herum und man konnte vereinzelte Wörter wie „Falschaussage" oder „Widerruf" hören. Jan bewunderte die Professionalität seines Anwalts und seine Ruhe. Er verspürte eine aufkommende Wut. Es war erstaunlich, wie einseitig der Bericht geschrieben war und die Möglichkeit seiner Unschuld völlig außer Acht ließ. Bergmann schien einige Aktien an der Zeitung zu haben und so kam er als armes Opfer herüber, der von seinem eigenen Sohn ausgeraubt wurde. Alle Anwesenden konnten nur den Kopf schütteln. Ben entdeckte schließlich einen winzig kleinen Artikel über die Rettung von Jonas, für die eine Summe von 1.000 Euro ausgeschrieben war. Als es an der Tür klingelte, erschraken die drei kurz, doch Ben öffnete resolut die Tür. Vor ihm stand - mit erschrockenem Gesicht - Eva mit zwei, ihm unbekannten Personen. „Meine Eltern", flüsterte sie, „dürfen wir reinkommen?" Ben trat zur Seite und Eva führte ihre Eltern in die Küche. Aus dem Wohnzimmer kam in diesem Moment auch Martin. „Herr Winkler? Wir haben telefoniert. Mein Name ist Fred Conrad", wandte sich Evas Vater an Martin. Martin nickte und beide verschwanden im Wohnzimmer. In der Küche blieb ein riesengroßes Fragezeichen zurück. „Meinem Vater gehört die Zeitung", fing Eva zaghaft an zu erklären,

„aber bevor ihr irgendetwas sagt, mein Vater war auf Dienstreise und wusste nichts von dem Artikel." Bens wütender Blick wurde etwas weicher und er zog Eva nach oben. Evas Mutter, die ihrer Tochter zum Verwechseln ähnlichsah, blieb in der Küche zurück. Julia löste sich als Erstes aus der Erstarrung: „Entschuldigung, ich bin Julia, Jans Freundin - und das ist Jan. Kann ich ihnen etwas anbieten?" „Laura Conrad", erwiderte diese, „ich darf ihnen versichern, dass unsere Familie, ungeachtet der Beziehung zwischen Ben und Eva, der Geschichte keinen Glauben schenkt. Und mein Mann würde nie …" Jans finsterer Blick ließ sie verstummen. Julia gab Jan einen Stoß und sein Blick wurde langsam offener. „Entschuldigung", meinte er schließlich, „aber hier stehen nicht viele Leute auf meiner Seite. Das macht vorsichtig. Außerdem weiß ich inzwischen, wie ich auf andere Menschen wirke." Laura lächelte nun und schüttelte ihr blondes Haar. Sie sah Eva nicht nur ähnlich, sie schien auch die Freundlichkeit an ihre Tochter weitergegeben zu haben. Es entstand eine gelöste Atmosphäre und Julia und Jan erfuhren den neuesten Klatsch aus dem Dorf. Als Frau des Zeitungsverlegers war Laura im Dorf hoch anerkannt und jeder versuchte, sie auf seine Seite zu ziehen. Inzwischen waren bei einigen Bewohnern die ersten Zweifel an Jans Schuld aufgekommen. Jedoch hätte keiner dies laut geäußert, da jede Meinung gegen Bergmann ein Kündigungsgrund für ein

Familienmitglied sein könnte. Andere dagegen waren felsenfest von Jans Schuld überzeugt und trugen dies offen zur Schau. Auch Evas Beziehung zu Ben wurde mehr oder weniger hinter vorgehaltener Hand diskutiert. Bens Problem war, dass er bedingungslos auf Jans Seite stand. Und dass eine junge Frau den Verbrecher liebte, sprach nicht gerade für Julia. Nur der Staranwalt Winkler verblüffte die Bewohner derart, dass sie ebenso großen Respekt vor ihm hatten wie vor Bergmann. Die Geschichte war als Gesprächsthema immer noch groß im Rennen und der Zeitungsartikel heizte das alles noch weiter an. Fred Conrad war ziemlich erbost über die Art der Berichterstattung gewesen und Martins Anruf hatte die drei Familien nun zusammengeführt. Je länger die Unterhaltung dauerte, desto sympathischer wurde Laura den beiden anderen. Julia musste sich eingestehen, dass sie Evas Mutter völlig falsch eingeschätzt hatte. Sie, die Designerkleidung hasste, hatte nur das edle Kostüm gesehen und der erste Eindruck war geboren. „Eigentlich bin ich ja nicht so voreingenommen", dachte sie erschüttert, „Anscheinend färben Jans Zweifel ab." Laura schien Julias Gedankengänge zu erraten. „Keine Angst, auch ich weiß, wie ich auf andere Menschen wirke, wirken muss, will ich sagen. Als wir hierherzogen, waren wir für die Einheimischen die Fremden aus der Großstadt. Und meine Versuche, mich anzupassen wurden sofort als Abwertung der Bewohner gewertet. Also blieb ich bei meiner Designerkleidung und die „Großstadttussi“." Jan lachte laut auf und als ihn die beiden Frauen fragend ansahen, versuchte er krampfhaft seinen Lachanfall zu unterdrücken und seine gute Laune zu erklären. „Denen kann man es nicht rechtmachen", prustete er, „gleicht man sich an, wird man gemieden, fällt man auf ist es auch nicht recht." „Was ist dann mit Constanze Bergmann?", wollte Julia ebenfalls kichernd wissen, „Botox ist ja wohl hier auch nicht alltäglich, oder?" Laura schien kurz darüber nachzudenken: „Bergmanns sind nicht beurteilbar. Der alte Bergmann ist …" „… ein Despot", fügte Ben hinzu, der gerade in die Küche kam, „Er schafft es ja auch, Jonas als Sohn von Felix auszugeben, obwohl jeder sehen kann, dass es ein anderer sein muss." Durch Jans Blick schaffte er es gerade noch, Jan aus der Sache herauszuhalten. „Angeblich hat der Vater von Sophia durchgeschlagen", erwiderte Fred, der mit Martin nun ebenfalls wieder in die Küche kam. „Wie geht es nun weiter?", Jan sah seinen Freund und Anwalt fragend an, doch bevor Martin antworten konnte, sprach Fred: „Ich werde morgen eine Gegendarstellung drucken und den Schmierfinken zur Rechenschaft ziehen- wenn ich herausfinde, dass er sich hat schmieren lassen …" „Tja", fügte Martin hinzu, „dann passt er in das Klischee des Dorfes. Ich danke dir Fred, dass du so schnell reagiert hast." Fred warf einen kurzen Blick auf seine Tochter, bevor er antwortete: „Es ist Familie, genau wie bei dir." Jan löste sich kurz darauf aus der Gruppe und ging in den Garten, wo er sich an seinen Lieblingsbaum lehnte und die letzten Wochen Revue passieren ließ. Er war als Einzelkämpfer und Außenseiter gekommen und nun - nun hatte er nicht nur seine Mutter und seinen kleinen Bruder wieder, nein, er hatte auch die Liebe seines Lebens gefunden, und mit Martin, Fred, Laura und Eva Menschen, die zu ihm stehen. Diese Erkenntnis hatte ihn etwas verwirrt, so dass er in sein altes Verhaltensmuster zurückfiel und sich zurückzog. Doch kurz darauf kehrte er zurück. Julias fragenden Blick entgegnete er mit einem Lächeln und sie kannte ihn gut genug, um nicht weiter nachzufragen. Gegen 22.00 Uhr fuhr Fred direkt in die Redaktion, um die Gegendarstellung zu verfassen. Als Jan und Julia allein waren, fragte sie dann doch nach: „Was war denn vorhin? Alles in Ordnung?" Jan sah sie liebevoll an, bevor er sie schwungvoll in die Arme zog. „Ich bin es einfach nicht gewohnt, so viele Menschen auf meiner Seite zu haben. Ich muss mich erst daran gewöhnen." Damit war das Thema gegessen.

Hilfe von anderer Seite

Am nächsten Morgen lag die Zeitung auf dem fertig gedeckten Tisch. Während die Jüngeren noch etwas verschlafen waren, war Martin voller Tatendrang. Freds Gegendarstellung wurde reihum gelesen und alle waren gespannt, was nun passieren würde. Kurz darauf läutete es an der Tür. Martin öffnete und stand seinem Kontrahenten und dessen Mandanten gegenüber. „Wo ist er? Und wie hat er das gemacht?", Bergmann schwenkte wütend die Zeitung. Martin setzte sein Anwaltsgesicht auf und antwortete emotionslos: „Ich habe für meinen Mandanten eine Gegendarstellung gefordert, die objektiv an die Sache herangeht. Ihr SOHN hat damit nichts zu tun. Was wollen sie also hier?" Dass der gegnerische Anwalt so diszipliniert antwortete, brachte den Patriarchen völlig aus dem Konzept. Sein eigener Anwalt stand nur stumm neben ihm und half ihm auch nicht weiter. Jan und Ben hörten ihren Erzeuger toben und kamen Martin zu Hilfe. Als Bergmann seine Söhne sah wurde er emotional und versuchte diese durch Schimpftiraden aus der Reserve zu locken. Doch sein Angriff verpuffte nahezu völlig. Ben konnte sich ein Lächeln nicht verkneifen als sein Erzeuger ihn darauf hinwies, dass er ihn enterben würde, sollte er weiterhin zu Jan stehen. „Ich brauche weder dich noch dein Geld", presste er hervor, „Lass Jan, Mum und mich einfach in Ruhe. Und fang an zu denken. Welchen Grund hätte Jan, dich zu überfallen?

Er ist wegen Mum hier. Also …", Martin schnitt ihm mit einer knappen Geste das Wort ab: „Also noch einmal Herr Bergmann. Was wollen sie hier? Wir können uns gerne vernünftig unterhalten." Doch Bergmann winkte ab, drehte sich um und schickte sich an, das Grundstück zu verlassen. Bevor die drei Männer die Türe schlossen, hörten sie noch wie Bergmann seinen Anwalt anblaffte: „Wofür zahle ich sie eigentlich? Bestimmt nicht dafür, dass sie stumm wie ein Fisch neben mir stehen!" „Sind sie schon mal auf den Gedanken gekommen, dass ihr Sohn unschuldig ist?", fragte der Anwalt eingeschüchtert. „Was war das denn?", fragte Eva, als sie in die Küche zurückkamen. „Unser Erzeuger, wie er leibt und lebt", antwortete Ben grinsend, „Ich bin nun offiziell enterbt. Du liebst einen armen Schlucker." Er schaffte es, ein Mitleid heischendes Gesicht aufzusetzen, so dass alle Anwesenden laut lachen mussten. Nach dem Frühstück zog Martin sich mit Jan ins Wohnzimmer zurück und telefonierte mit der Polizei. Dort erfuhren sie, dass Jan der Überfall nicht nachgewiesen werden konnte, Bergmann aber auf der Anstifter Rolle bestand und Jan am nächsten Tag vom Staatsanwalt vernommen werden sollte, der entscheiden würde, ob es zur Anklage kommen würde. „Na toll," murmelte Jan, „Vom Täter zum Anstifter. Und wen habe ich angestiftet?" „Quad era demonstrandum", antwortete Martin, „was zu beweisen ist." Martin verschwand kurz darauf, um Vorkehrungen für den morgigen Tag zu treffen. Er hatte sich noch nie emotional auf einen Fall eingelassen, aber jetzt … Er zog sein Handy aus der Tasche und bat seinen Partner ein paar Anrufe zu tätigen. Er hatte Jan zwar versprochen, Hilde und Chris aus der Sache herauszuhalten, aber er hatte Angst, dass es ohne sie nicht reichen könnte. Kurz darauf rief sein Partner zurück, Hilde und Chris hatten sofort zugesagt ihnen zu helfen, auch wenn sie das den Job kosten konnte. So standen beide nach der Schicht vor dem Schuster Haus. Jan erschrak, als er die beiden sah: „Was macht ihr denn hier?" „Dir helfen, was denn sonst?" Chris schlug ihm kameradschaftlich auf die Schultern. „Aber warum jetzt?" „Wir wurden erst jetzt gefragt." Schön langsam wurde es in der Wohnküche eng, vor allem da sich auch noch das Ehepaar Conrad einfand. Bald darauf war der Esstisch mit Notizen und Papieren belegt. Hilde hatte die Kopien der Geschäftsunterlagen erneut besorgt und auch eine eidesstattliche Versicherung beigefügt, dass sie Jan die Unterlagen damals zur Verfügung gestellt hatte. Mit ihrer Hilfe konnten die Aus- und Eingänge genau belegt werden. Außerdem war Chris, zufällig zu der Zeit des Überfalls vor der Firma gewesen und hatte eine Beobachtung gemacht, die alles verändern sollte. Er hätte diese schon längst mitteilen sollen, erklärte er, aber er hatte zuerst einen neuen Job gebraucht. Nun, da er in ein paar Wochen in Landshut anfangen konnte, war es für ihn selbstverständlich, Jan zu helfen. „Und du?", Jans soziale Ader war stärker, als die Freude über die Hilfe. „Ich?", Hilde lachte auf, „Ich gehe in sechs Wochen in Rente. Außerdem habe ich lange genug unter dem Despoten gearbeitet. Es war noch nie einfach in den Bergmann-Werken zu arbeiten, aber in den letzten Jahren …" Martin verfolgte die Äußerungen der Mitarbeiter interessiert und vertiefte sich mit Fred interessiert in die Zahlen. „Wow", flüsterte Fred, „das ist eine Menge Umsatz! Wo geht der hin?" „Der Gewinn bleibt zumindest nicht in der Firma", stimmte Martin zu, „denn er taucht nirgendwo als Investition oder Rücklage auf." „Abgesehen von den Riesengehältern an uns Mitarbeiter", kam es unisono von Chris und Hilde. „Tja, das reißt natürlich rein", schmunzelt Jan, „und der Rest geht an die Familie für Beauty- Behandlungen." Die Küche war daraufhin mit Lachen erfüllt. „Was Constanze wohl macht, wenn die Botox Behandlungen wegfallen", japste Ben völlig außer Atem, „ob sie sich dann einen anderen Gönner sucht?" Julia hörte gebannt zu und fragte schließlich: „Was wäre, wenn Bergmann Jan verziehen hätte? Dann ging die Firma doch an Ben und ihn. Und Constanze und Felix gingen so gut wie leer aus." „Nicht ganz", erläuterte ihr Vater, „sollte mit Bergmann etwas sein, würde Constanze 50% bekommen und die Söhne je 25%. Das bekommen sie aber so oder so. Außer…" „Außer Jan wäre wegen der Tat enterbbar. Aber nun hat er ja auch

noch Ben enterbt, also bleiben Constanze 100%",
fügte Julia hinzu. „Aber das würde ja heißen, dass
Constanze hinter dem Überfall steckt", führte Jan den
Gedanken fort. „Als Anstifter vielleicht", entgegnete
Chris, „aber der Täter war ein junger blonder Mann."
„Felix?", riefen die Brüder gleichzeitig aus und Chris
nickte. „Da er öfters mal spät in der Nacht in der Firma
vorbeischaut, habe ich mir nichts dabei gedacht", fuhr
er fort, „konnte ja keiner ahnen, dass er seinen Stiefvater beklaut." Martin saß still am Tisch, was Jan sofort auffiel. Auch er teilte die Euphorie, die die Beobachtung bei den anderen auslöste, nicht wirklich.
„Das zu beweisen wird schwer", argumentierte er und
Martin nickte, „Unser Erzeuger wird nichts über seinen
Stiefsohn kommen lassen. Und auch so klingt es eher
nach blindem Aktionismus." „Nicht ganz", Martin hatte
seine persönliche Befangenheit kurz abgelegt und war
wieder der taffe Anwalt, „wollen wir hoffen, dass niemand Chris gesehen hat. Wenn er, ohne unser Wissen zur Polizei geht und seine Aussage macht, kann
keiner sagen, wir hätten damit etwas zu tun." Chris
nickte und verschwand kurz darauf durch die Hintertür.
Vorsichtig schlüpfte er durch den Garten und stand
eine halbe Stunde später auf dem Polizeirevier, um
seine Aussage zu machen. Auch hier fiel die Frage,
warum er erst jetzt käme und Chris erklärte ebenfalls,
dass er Angst um seinen Job hatte. Der Polizist hatte
sich inzwischen selbst ein Bild über die

Arbeitsbedingungen in den Bergmann-Werken gemacht und konnte die Angst nachvollziehen. Er würde den Beobachtungen auf alle Fälle nachgehen, versprach er und entließ den Zeugen. Der Polizist musste sich die nächsten Schritte nun genau überlegen, denn jemanden aus der Familie Bergmann zu beschuldigen, ohne hieb- und stichfeste Beweise zu haben, kam einem beruflichen Selbstmord gleich. Als Erstes rief er den zuständigen Staatsanwalt an, um ihm mitzuteilen, dass es eine Wendung im Fall Schuster gab. Und so kam es, dass die Vernehmung erst mal verschoben wurde. Martin arbeitete trotz allem hochkonzentriert an der Verteidigungsstrategie und an dem Versuch, Felix die Tat nachzuweisen. Da sie ja offiziell nichts von Chris´ Aussage wissen durften, konnte ihm keiner verbieten, eigene Recherchen anzustellen. Und so kam es, dass kurz darauf erneut ein Fremder im Dorf auftauchte, der sich sehr interessiert umsah, was die Besucher erneut in Unruhe versetzte. Aber da er sich kaum für sie zu interessieren schien, vergaßen sie es schnell wieder. So konnte der große, blonde Mann mit Lederjacke, Jack, in aller Ruhe seine Arbeit erledigen. Aus sicherer Entfernung beobachtete er Felix, der sich seiner Sache sehr sicher zu sein schien. Er erzählte jedem, der es hören wollte und auch jenen, die es nicht hören wollten, dass die Sache mit dem „Verbrecher" wohl bald ausgestanden wäre und er dann endlich die Anerkennung erhalten würde, die ihm zustände. Und Jonas und Sophie würden dann endlich voll und ganz ihm gehören. So sehr Jack hoffte, dass einer der Zuhörer nachfragen würde, so sehr enttäuschten ihn die Dorfbewohner. So käme er nicht weiter, teilte er Martin mit. „Wir brauchen eine andere Taktik", meinte er, „die Zuhörer finden die Geschichte offensichtlich nicht so interessant." „Sch…", fluchte Martin, „vorschnelle Verurteilung ja, aber hier sind sie zu feige." Doch dann fiel ihm etwas ein und er rief nach Ben. „Was kannst du mir über Felix erzählen?", fragte er ihn, kaum dass dieser den Raum betreten hatte. „Felix?", Ben dachte kurz nach, „für ihn scheint es wichtig zu sein, was die Menschen von ihm denken. Er hat sofort, als Jonas auf der Welt war, den „Job" als Vater angenommen. Sophia hat ja auch sofort mitgespielt und wäre Jan nicht zurückgekommen, hätte niemand die Vaterschaft angezweifelt. Und das, obwohl Jonas seinen Eltern nicht ähnlichsieht. Eine Ausbildung zum Industriekaufmann in den Bergmann-Werken war selbstverständlich. Und Gerüchten zu Folge agiert Felix nur auf Anweisung seiner Eltern, damit er keinen Fehler macht." In die kurze Pause hakte Martin nach: „Und das Verhältnis zu dir in den letzten Jahren?" Bens Stimme schien plötzlich an Kraft zu verlieren: „Ich war zwölf, als die Sache mit Jan geschah und ich wusste nicht, auf welcher Seite ich mich stellen sollte. Ich wollte damals weder Jan noch „ihn" verlieren. Als Jan verschwand fiel Mum in ein Riesenloch und ich bat unseren Erzeuger um Hilfe. Da zeigte er mir das erste Mal sein wahres Gesicht. Er bot mir an, zu ihm zu ziehen und Mum allein zu lassen. Constanze und Felix waren damals bereits Bestandteil seines Lebens und Felix zeigte deutlich, dass ich ihn stören würde. ER mache ja nun die Ausbildung zum Industriekaufmann und bis ich soweit wäre einzusteigen, hätte er die Firma längst übernommen. Als dann auch noch Sophia und Jonas einzogen, zog ich mich immer weiter zurück. Felix hatte aber zu keiner Zeit Zweifel an seiner Rolle zugelassen. Er war der Sohn, den Bergmann immer haben wollte. Und dafür ist er bereit, alles zu tun." Martin, dem der Schmerz in Bens Stimme nicht verborgen geblieben war, legte seine Hand auf dessen Arm. „Danke", fügte er nur kurz hinzu. Ben versuchte sein, sonst immer vorhandenes Lächeln, was aber gänzlich misslang. „Unser Erzeuger und seine neue Familie hat mich sechs Jahre mit meinem Bruder gekostet, Mums Krankheit und die Sache jetzt - da soll man keine Wut kriegen." „Es tut mir leid, dass ich euch im Stich gelassen habe", kam es leise aus Richtung Tür, „eigentlich dachte ich, dass ER, wenn ich weg bin, sich wenigstens deiner annimmt. War aber leider ein Trugschluss." Jan lehnte am Türrahmen und sah seinen Bruder verzeihend an. „Hast du eine Idee, wie wir Felix überführen können?", er sah Martin hoffnungsvoll an. Dieser dachte kurz nach und nickte dann und griff zum Telefon. „Ich brauche deine Hilfe", hörten die Brüder noch, bevor Martin in sein Auto stieg und sich auf den Weg zu einem „Geheimtreffen" machte. Er hatte niemanden von seiner Idee erzählt, da er sich nicht sicher war, dass seine Idee funktioniert. Fünfzehn Minuten später betrat er das Gasthaus, wo bereits Jack und Fred auf ihn warteten. An einem Tisch in der Ecke wurde kurz darauf heftig diskutiert. „Alles ganz legal", beschwichtigte Fred den Anwalt, „Ich darf freiberufliche Reporter beschäftigen so viele ich will." Jack grinste seinen Auftraggeber an: „Reporter war ich noch nie. Eines muss man ihnen lassen Herr Winkler, langweilig werden ihre Aufträge nie." Fred drückte Jack einen Presseausweis in die Hand: „Der alte Bergmann ist nicht gut auf unsere Zeitung zu sprechen. Sie müssen versuchen, an Felix heranzukommen, ohne dass der Alte etwas mitbekommt." Der Privatdetektiv nickte und verabschiedete sich schnell von den beiden anderen. „Wollen wir hoffen, dass es klappt", Martin versuchte krampfhaft seine positive Aura aufrecht zu halten. „Das wird es", Fred fiel es ebenso schwer zu lächeln, „du wirst es sehen. Die vier jungen Menschen brauchen den Erfolg." Als Martin zurückkam war von den anderen nichts zu sehen, so dass er ungestört mit seinem Partner telefonieren konnte.

Jonas Herkunft

Julia und Jan hatten sich zu einem Spaziergang entschlossen und schlenderten nun händchenhaltend durch das Dorf. Wie von selbst schlugen sie den Weg zum Weiher ein, der nun zu Beginn des Frühjahrs dunkel in der Waldlichtung lag. Zaghaft reckten die ersten Frühjahrsblüher ihre Köpfe in die spärlichen Sonnenstrahlen und das alles verlieh dem Ort etwas Mystisches. Julia liebte diesen Ort immer mehr und auch Jan schien hier alle bösen Geister abzustreifen. Auf der gegenüberliegenden Seite des Sees begannen Arbeiter einen Zaun zu errichten. Jan lächelte süffisant: „Alles für den Bergmann Erben." Als er Julias fragenden Blick auffing, fügte er hinzu: „Die gegenüberliegende Seite gehört zu einem Grundstück, das einmal der Alterswohnsitz meiner Eltern werden sollte, aber soviel ich weiß, steht es bis heute leer. Aber jetzt zäunt er es ein. Wahrscheinlich deshalb, damit Jonas nicht mehr hierherkommen kann." Julia grinste: „Aber offenbar umsonst. Der Weiher scheint auf den Sohn die gleiche Anziehungskraft zu haben, wie auf den Vater." Kurz darauf stand Jonas, der auf seinem Fahrrad den Weiher umrundet hatte, auch schon neben ihnen. „Hallo", kam es etwas schüchtern. „Hallo Jonas", antworteten die beiden Erwachsenen. „Es ist schön hier", stellte der Kleine fest, „Auch wenn Opa sagt, ich darf nicht hierher." Jan konnte der Versuchung nicht widerstehen und fuhr dem kleinen durch das schwarze

Haar. Sein Sohn lächelte ihn an. „Sag mal, du bist doch Jan", stellte er altklug fest, „der Sohn von meinem Opa, den er nicht mag. Und du siehst aus wie ich. Kann es sein, dass du mein PAPA bist?" Jan erbleichte. Für seine sieben Jahre war Jonas sehr klug und hatte die richtigen Schlüsse gezogen. Er war nicht fähig zu antworten, also übernahm Julia alles Weitere. „Wie kommst du denn darauf?", fragte sie. „Naja", als Jonas nachdachte, kam die Ähnlichkeit mit Jan noch deutlicher zu Tage. „Ich heiße Jonas Bergmann, meine Mama Sophia Bauer und Felix Simmler-Bergmann. Ist doch komisch. Oder? Außerdem bin ich nicht blond. Und Mama und Felix haben gesagt, wenn er mich endlich adoptiert hat, dann bin ich wirklich sein Sohn. Ich hätte aber lieber einen richtigen Papa. Warum darfst du nicht mein Papa sein?" Jan schluckte hart: „Da fragst du am `besten deinen Opa und deine Mama." „Opa hat gesagt, du hast gestohlen. Aber das glaube ich nicht. Du bist so nett, du stiehlst doch nicht." Jan musste nun doch lächeln. „Nein Jonas, ich habe nicht gestohlen. Ich weiß nicht, ob ich jemals dein Papa sein darf, aber Julia und ich würden gerne deine Freunde sein. Auch wenn Opa, Mama und Felix das nie erfahren dürfen. Aber du hast es ja schon einmal geschafft, ein Geheimnis zu bewahren." „Na gut", schmollte der Kleine, „jetzt haben wir ein Geheimnis. Aber Opa frage ich trotzdem." Von Weitem hörten sie Sophias Rufen. „Ich muss gehen", rief Jonas noch, schwang sich auf sein Fahrrad und rauschte davon. „Das nächste Erdbeben für Bergmann", lächelte Julia. „Oder der nächste Grund mir erneut eine überzubraten", erwiderte Jan ebenfalls mit einem Lächeln. Währenddessen kassierte Jonas eine kleine Standpauke. „Du warst schon wieder am Weiher. Du weißt, dass du nicht dahin sollst." „Jaja", murmelte dieser in seine eigenen Gedanken versunken, „Sag mal, wer ist eigentlich mein Papa?" Sophia wurde kreidebleich: „Wie kommst du nun auf dieses Thema?" „Nun sag schon", Jonas konnte sehr quengelig sein, wenn er etwas wollte, „dein Felix ist es ja wohl nicht." Als ihnen der alte Bergmann entgegenkam, sah dieser sofort, dass etwas nicht stimmte. Jonas begann auch sofort, seine Fragen an den Großvater zu stellen: „Opa, wer ist mein Papa?" Bergmann stockte kurz und fuhr seinen Enkel barsch an: „Was soll die Fragerei? Du bist mein Enkelkind und damit basta!" „Für mich ist nichts basta", der Kleine war den Tränen nahe, „ich hasse dich!" Sophia wollte zwischen dem Sohn und dem Großvater vermitteln und nahm Jonas in den Arm. „Und dich mag ich gerade auch nicht", schluchzte dieser, „LASS MICH LOS!" Er wand sich aus der Umarmung und radelte los. Im Vorgarten warf er sein Fahrrad achtlos in den Rasen und stürmte auf sein Zimmer. Bergmanns Wut entlud sich nun an Sophia. „WIE KOMMT DAS KIND AUF SOLCHE IDEEN? WAS HAST DU IHM ERZÄHLT?", schrie er sie an.

„Garnichts", flüsterte sie, „ich weiß nicht, woher das hat." „Er wird NIE erfahren, dass er sein Sohn ist, verstanden? Sonst kannst du deine Koffer packen." Damit hatte er Sophias wunden Punkt getroffen und das wusste er genau. Jonas war nicht zu sehen, aber aus seinem Zimmer war laute Musik zu hören, so dass alle davon ausgingen, dass er in seinem Zimmer war. Doch das Gegenteil war der Fall. Der kleine Junge war aus dem Fenster geklettert und war nun auf dem Weg zum Schuster Haus. Ben und Eva kamen gerade mit den Einkaufstüten heran, als sie Jonas bemerkten. Da der Kleine völlig aufgelöst war, nahmen sie ihn wortlos hinein. Jonas wollte kein Wort sagen, erst als Jan zurückkam, lief der Junge auf ihn zu und warf sich weinend in dessen Arme. Jan hielt seinen Sohn zärtlich fest: „Was ist denn passiert?" Julia und Martin trafen ebenfalls in der Küche ein. „Die sind sooo dooooof", schluchzte Jonas, „Ich will nicht mehr dahin." In der Küche war es mäuschenstill, nur das Schluchzen des Jungen war zu hören. „Wir müssen deiner Mama Bescheid geben", versuchte Martin die Lage zu analysieren, „hast du die Handynummer?" Jonas nickte und zog einen Zettel aus der Tasche. Eva griff danach und wählte schnell. „Conrad", meldete sie sich, „Frau Bauer? Ihr Sohn Jonas ist bei uns.-Nein, es geht ihm gut, er ist nur etwas verwirrt. Nein, wir würden ihn ihnen gerne selbst bringen, wenn er sich beruhigt hat." Jan griff so schnell zum Handy, dass Eva nicht reagieren konnte. „Was hast du mit ihm gemacht?" Julia nahm ihm den Jungen ab und Jan verließ die Küche. Er wollte nicht, dass sein Sohn etwas davon mitbekam. „Jonas weiß schon länger, dass ich sein Vater bin. - Nein, nicht von mir. Er ist sieben und sehr klug. - Er will nicht zurück. - Was mit dir ist, ist mir ehrlich gesagt egal. Aber Jonas ist ein Kind und kann sich nicht wehren. Er bleibt jetzt hier, bis er sich beruhigt hat." Er legte auf und kehrte in die Küche zurück, wo es den anderen inzwischen gelungen war, den Kleinen zu beruhigen. Hoffnungsvoll sah Jonas in Richtung seines Vaters. „Alles o.k., du kannst erst einmal hierbleiben", beruhigte ihn Jan. Martin sah Jan ebenfalls an und schmunzelte: „Irgendwann müssen wir anbauen. Wir werden immer mehr." „Sorry Eva", meinte Jan und gab dieser ihr Handy zurück. „Schon gut, du meintest es ja nur gut", lächelte diese. Kurz darauf fielen dem Jungen die Augen zu. Julia und Jan brachten ihn in Julias Zimmer, wo er friedlich einschlief. Minuten später klingelte es an der Tür. Sophia stand kreidebleich vor dem Haus. Ben, der die Tür öffnete, ließ sie wortlos ein. „Wo ist mein Sohn?", flüsterte sie. „Unser Sohn schläft", antwortete Jan kalt. Martin legte ihm eine Hand auf die Schulter, doch dieser blieb erstaunlich ruhig. Sophia sah den Anwalt und ihren Exfreund ratlos an: „Der setzt mich vor die Tür", murmelte sie, „das hat er mir angedroht, wenn jemals herauskommt, wer Jonas Vater ist. Warum bist du nur zurückgekommen?" „Wegen meiner Mutter. Wenn ihr mich in Ruhe gelassen hättet, wäre es nie so weit gekommen. Aber da Jonas nun Bescheid weiß, werde ich mich auch um ihn kümmern. Was Bergmann will, ist mir total egal. Du hast dich durch mich ins gemachte Nest gesetzt. Dafür warst du sogar bereit, deinen Sohn den Vater vorzuenthalten. Sag mir eins, hättest du Jonas irgendwann erzählt, wer sein Vater ist?" Sophia schüttelte den Kopf, sie wusste, dass Jan in allen Punkten Recht hatte. Sie war froh gewesen, als Bergmann sie aufgenommen hatte und Felix als Vater herhielt. Daran, dass Jonas irgendwann mal bemerken würde, dass Felix nicht sein Vater ist, wollte sie nie nachdenken. Und auch jetzt dachte sie nur an sich. Wo sollte sie hin, wenn Bergmann Ernst machte? Seinen Enkel würde er nicht so leicht aufgeben, aber sie war ihm offensichtlich egal. „Kann ich Jonas ein paar Tage hierlassen?", fragte sie schüchtern und blickte in Jans ernstes Gesicht. Dieser sah erst Julia dann den Rest seiner Familie an. Julia trat neben ihn und lächelte ihn an, während ihre Augen zustimmten. Martin sicherte sich ab: „Wenn sie schriftlich erklären, dass Jonas mit ihrer Zustimmung hier ist." Schnell formulierte der das passende Schreiben und Sophia unterschrieb kraftlos. Als sie verschwunden war, atmete Jan tief aus. „Alles o.k.?", fragte ihn Julia. „Ja schon", antwortete er, „ich wundere mich nur, was aus ihr geworden ist. Ist ihr ihr Sohn so egal? Dann färbt

Bergmann voll ab." „Sie hat Angst vor ihm", bemerkte Ben, „das Leben bei Bergmann ist alles, was sie hat." „Na toll, und der Kleine muss darunter leiden", Jan war restlos bedient.

Sophia hatte andere Sorgen. Auf dem Weg nach Hause rief sie Felix an und verabredete sich mit ihm. Als dieser im Café eintraf, fand er seine Freundin völlig aufgelöst vor. „Jonas ist bei seinem Vater", war alles, was er aus dem Gestammel verstand, „… und ich war damit einverstanden." „Warum? Ich dachte, er sollte nie erfahren, dass ich nicht …", fragte er erstaunt nach. „Er hat es selbst herausgefunden. Als Jan ihn gerettet hat, ist ihm die Ähnlichkeit zu Jan aufgefallen und obwohl Jan versuchte, es ihm auszureden …" "Sagt er", brummte Felix, „aber er weiß doch genau, dass er Dad damit verletzen kann." „Heute hat Dad mir unmissverständlich zu verstehen gegeben, dass er mich aus dem Haus wirft, wenn Jonas jemals erfahren sollte, dass Jan sein Vater ist"; hoffnungsvoll, dass ihr Lebensgefährte eine Lösung finden würde, sah Sophia ihn an. Felix geriet nun in einen Gewissenskonflikt. Sollte er Sophia helfen, würde er sich gegen Dad stellen. Steht er hinter Bergmann verlöre er Sophia. Das, was vor Jahren als Zweckbeziehung begann war nun, zumindest für ihn nun Liebe, oder das was er dafür hielt, geworden. Was Sophia für ihn entfand, wusste er nicht so genau. Also, was sollte er tun? Er griff zum Telefon und Sophia hörte nur: „So schnell wie möglich

… morgen 10.30 Uhr ist o.k." Sophia sah ihn fragend an. „Wir müssen dir etwas zum Anziehen kaufen. Oder willst du in Jeans heiraten?" „Heiraten? Aber …" „Kein aber", schnitt ihr Felix barsch das Wort ab, „die Hochzeit ist doch sowieso gewünscht. Und als meine Frau kann er dir nichts mehr tun." Verzweifelt stimmte die junge Frau schließlich zu und heiratete am folgenden Tag ihren Lebensgefährten. Nun, da sie auch dem Namen nach eine Bergmann war, fühlte sie sich sicher. Constanze und Bergmann erfuhren erst im Nachhinein von der Hochzeit. Während Constanze sofort die Hochzeitsfeier plante, zog der Patriarch die richtigen Schlüsse. „Wo ist Jonas?", polterte er los." „Bei seinem Vater", antwortete Felix anstelle seiner Frau, „und dort wird er auch bleiben. Auf seinen eigenen Wunsch hin." Bergmann blieb die Luft weg. Sein Stiefsohn wagte es, ihm zu widersprechen: „Ich werfe euch auch beide hinaus! Ihr wagt es, euch mir zu widersetzen!" Endlich fand auch Sophia ihre Stimme wieder. „Ich habe ihm nichts gesagt. Jonas hat die richtigen Schlüsse gezogen und ist zu Jan gelaufen. Um ihn aus der ganzen Streiterei herauszuhalten, habe ich meinen Sohn bei seinem Vater gelassen." Und bevor Bergmann darauf erwidern konnte, fügte Felix hinzu: „Du solltest dich jetzt lieber beruhigen. Du willst doch nicht, dass die Polizei erfährt, wie das mit dem Einbruch wirklich war." Der alte Bergmann erbleichte und verließ wortlos den Raum. Sophia sah ihren frisch angetrauten Ehemann fragend an. „Glaub mir, je weniger du weißt, desto besser für dich", war die einzige Antwort.

Jonas brachte Schwung in das Leben seines Vaters. Jan hatte, ganz im Gegensatz zu seinem Umgang mit Erwachsenen, keinerlei Berührungsängste mit seinem Sohn. Julia, die mit einer Tasse Kaffee und ihrem Vater an der Terassentür stand, sah mit wachsender Begeisterung dem Toben zu. Beim Spielen mit Jonas, kam der wahre, entspannte Jan zu Tage, ohne dass seine Vergangenheit eine Rolle spielte. Aber auch für Martin war es ein gutes Zeichen, hoffte er doch, dass die Beziehungen zu Julia und Jonas Jan die Unsicherheit nehmen würde. Nur ein völlig entspannter, selbstsicherer Jan würde die Befragung durch den Staatsanwalt souverän überstehen. Martin wartete sehnsüchtig auf Nachricht von Jack. Und wie auf Kommando läutete das Handy. Er lächelte Julia an und verschwand im Wohnzimmer, das immer mehr zu seinem Büro wurde. Julia sah ihrem Vater nach und beobachtete ihn eine Weile, wie er im Wohnzimmer hin und her tigerte. Nach endlosen zehn Minuten erschien der Anwalt wieder in der Tür. Jan sah den Wandel vom Familienmensch zum Anwalt sofort und unterbrach das Spiel mit seinem Sohn. Als beide näherkamen schnappte sich Julia das Kind und lockte ihn mit dem Versprechen auf ein Eis in die Küche. Jan folgte Martin ins Büro. „Was ist passiert?" fragte er, als Martin ihn sprachlos ansah. „Sophia und Felix haben geheiratet", erklärte dieser, „es war eine schnelle, spontane Hochzeit ohne Bergmann. Dein Erzeuger war über diese Entscheidung restlos bedient und hat beiden gedroht, sie aus dem Haus zu werfen. Darauf hat Felix geantwortet, dass er, sollte Bergmann Ernst machen, alles über den Einbruch erzählen würde." „Woher weißt du das?", Jan brauchte einige Sekunden, um das Gehörte zu verdauen. „Berufsgeheimnis", lächelte Martin ihn an, „nun dauert es nicht mehr lange und wir wissen genau, was und wie das alles passiert ist." „Danke", grinste nun auch der Jüngere, „Auch ein Eis?" Gemeinsam enterten sie die Küche und genossen ihr Eis. Am Montagmorgen brachten Julia und Jan den Jungen in die Schule. Sophia hatte am Abend zuvor die Schulsachen und einige Klamotten vorbeigebracht und ihrem Sohn von der Hochzeit erzählt. Jonas hatte nur kurz mit den Schultern gezuckt und sich mit Ben auf die Carrerabahn gestürzt, die dieser im Keller gefunden hatte. Jan, Julia und Jonas gaben auf dem Schulweg das Bild einer glücklichen Familie ab. Während Jonas vergnügt vor ihnen her hüpfte, gingen Julia und Jan Hand in Hand durch den Frühlingsmorgen. Obwohl sie sich den Blicken der Nachbarn bewusst waren, schienen diese Jan heute nicht zu stören. Mit Sophias Schreiben, das ihn als Vater legitimierte und den Menschen, die er über alles liebte an seiner Seite, konnte ihm niemand etwas antun. Auch seiner Mutter schien es wieder besser zu gehen, wie diese ihnen gestern bei einem langen Gespräch mitgeteilt hatte. Sie hatte erfreut geklungen, als sie ihren Enkel lachen gehört hatte. Jan hatte ihr die ganze Geschichte erzählt, was sie weiter erfreut hatte. Der Schulweg war viel zu kurz. Jonas verschwand mit einem „bis später" im Schulgebäude und die beiden Erwachsenen sahen ihm grinsend nach.

Freispruch

Langsam schlenderten sie zurück nach Hause, wo ein fremdes Auto Besuch ankündigte. Jans Laune sank sofort auf einen Tiefpunkt. „Was kommt denn jetzt?", knurrte er, „können uns die nicht einfach in Ruhe lassen?" Julia versuchte ein Lächeln und zog ihren Partner entschlossen zur Tür: „Wenn wir nicht reingehen, erfahren wir es nie." Im Wohnzimmer saß ein dunkelgekleideter, hagerer Mann. „Van Dreesen, Staatsanwalt", stellte er sich vor, als sie den Raum betraten. „Jan Schuster", erwiderte dieser, „meine Freundin Julia." „Angenehm, freut mich, sie endlich persönlich kennenzulernen", der Staatsanwalt versuchte ein Lächeln, was jedoch durch Jans finsteren Blick erstarb. Jan ließ sich neben Martin auf die Couch fallen. „Kaffee?", versuchte Julia die angespannte Situation zu entschärfen. Ihr Vater nickte dankbar und legte Jan die Hand auf den Oberschenkel. Die kleine Berührung reichte, um Jan aus seiner Erstarrung zu lösen. Er richtete seinen Blick nun auf sein Gegenüber. „Wir würden die Ermittlungen gerne abschließen", hörte er, „es steht nun eindeutig fest, dass sie mit dem Überfall nichts zu tun haben. Aber ich muss ihre vereidigte Aussage aufnehmen." Ein Klirren und ein, für Julia untypischer Fluch machten es Jan schwer, das Gehörte zu verarbeiten. „Alles in Ordnung, Schatz?", fragte er, bevor er sich wieder dem Staatsanwalt zuwandte. „Alles gut", kam es aus der Küche, „wir brauchen nur eine neue Zuckerdose." Auf Jans Gesicht schlich sich ein Lächeln. „Dann ist die Sache vom Tisch?", ganz schien er dem Frieden noch nicht zu trauen. „Für sie ja. Außer sie wollen ihren Vater wegen falscher Verdächtigungen anzeigen", kam die Antwort postwendend. „Erzeuger - darüber reden wir noch", Jan sah seinen Freund und Anwalt an. „Machen wir", grinste dieser. Julia kam mit einem strahlenden Lächeln herein und stellte den Kaffee auf den Tisch. „Endlich ein Schritt in die richtige Richtung", dachte sie. Jan gab seine Aussage ab und der Staatsanwalt verließ das Haus sehr schnell wieder. Jan stieß einen tiefen Seufzer aus und nahm Julia stürmisch in die Arme. Ben und Eva hatten bereits von Julia die gute Nachricht vernommen. „Das muss gefeiert werden", beschloss die Truppe. Jan schien aber immer noch etwas zu beschäftigen. Ben knuffte ihn in die Seite: „Hey du alter Griesgram, freu dich doch. Die Sache ist vom Tisch." „Ich freu mich ja, aber was ist mit Hilde und Chris? Und wer hasst mich so, dass er mir so etwas antut?" Martin legte den Arm um ihn: „Das bekommen wir auch noch heraus. Und deine beiden Freunde haben es ja freiwillig gemacht. Ich würde gerne das Gesicht eures Erzeugers sehen, wenn er erfährt, dass die Anschuldigungen gegen dich fallengelassen wurden." Als die Anwesenden sich diese Situation vorstellten, fingen sie kollektiv zu kichern an.

Im Hause Bergmann wurde nicht gelacht. Der Staatsanwalt ließ es sich nicht nehmen, die Nachricht zu überbringen. Er kannte Bergmann bereits aus dem Golfclub und hatte sich bereits vorher eine Meinung gebildet, die nun durch die falschen Verdächtigungen und seine Reaktion nicht revidiert wurde. Der Patriarch zeigte erneut sein wahres Gesicht. „Was soll das heißen, niedergelegt? Er hat mich bestohlen. Und jetzt nimmt er mir auch noch mein Enkelkind", polterte er los. „Er ist der Vater", erwiderte van Dreesen, „und er hat die Zustimmung der Mutter. Außerdem hat er nichts mit dem Diebstahl zu tun. Wir können lückenlos beweisen, dass ihr Sohn es nicht gewesen war. Ich darf sie darauf hinweisen, dass jede Äußerung in diese Richtung geahndet werden kann. Ob auf sie wegen falscher Verdächtigung noch etwas zukommt, wird im Moment noch geprüft. Das liegt an Herrn Schuster."
Mit einem, zwar unangemessenen, aber notwendigen Lächeln, verließ der Staatsanwalt das Anwesen. Der alte Bergmann sank in sich zusammen und suchte nach einem neuen Opfer, an dem er seine Wut auslassen konnte und fand es in seiner Frau Constanze, die immer noch die Hochzeitsparty plante. „Lass mich doch mit dieser bescheuerten Hochzeit in Ruhe, warum sollen wir die feiern?", seine Stimme klang drohend, „dein Sohn ist doof genug, sich das Kind wegnehmen zu lassen." Constanze ließ der Ausbruch

jedoch völlig kalt und sie fuhr mit den Vorbereitungen fort.

Nachdem Jonas von der Schule gekommen war, fand eine kleine Party statt. Außer den Stammbewohnern waren auch Chris mit Frau, Hilde und die Conrads anwesend. Martin hatte Pizza spendiert und Ben hatte im Keller noch Rotwein gefunden. Mitten unter der Feier klingelte es an der Tür. Jonas rannte sofort los und Ben folgte ihm. Vor der Tür stand Bergmann mit hochrotem Kopf. Ben schob den Kleinen hinter sich. „Hol Martin, schnell", flüsterte er ihm zu und der Junge lief sofort los. „Was willst du hier?", in Bens Stimme war die Verachtung deutlich zu hören. Martin war sofort an Bens Seite und auch Jan und Fred gesellten sich dazu. „Ich will mein Enkelkind zurück!!!", schrie der Patriarch sofort los. „Und dass der da verschwindet", deutete er auf Jan. Dieser wollte gerade darauf erwidern, doch Martin hielt ihn zurück. „Jonas ist der Sohn meines Mandanten und mit Zustimmung der Mutter hier. Und wir leben in einem freien Land." Bergmann, der sah, dass er keine Chance gegen Martin hatte, entfernte sich laut schimpfend vom Grundstück. Kurz bevor er die Grundstücksgrenze erreichte, erschien Jonas in der Tür. „Ihr habt mich belogen", rief er seinem Großvater hinterher, „ich bleibe hier." Bergmann drehte sich kurz zur Tür und der sonst so taffe Mann schien um Jahre gealtert. „Los rein mit dir", lächelte Jan, „es gibt Kuchen und Eis." Wie jedes Kind konnte auch Jonas nicht wiederstehen und so lief er mit Fred und Martin in die Küche. Die Geschwister sahen ihrem Erzeuger eine Weile nach. Jan überfiel dabei ein seltsames Gefühl. War das Mitleid mit dem einsamen, verbitterten Mann. Nach all dem, was er sich geleistet hat, tat er ihm leid? „Wenn man ihn nun sieht, tut er einem fast leid, aber nur fast", Ben schien den gleichen Gedanken zu haben. Jan versuchte krampfhaft, die Widersprüche in seinem Inneren zu bekämpfen. „Was meinst du, steckt er wirklich hinter all dem?", fragte er. „Ich weiß nicht", antwortete der Jüngere, „aber zuzutrauen wäre es ihm. Ich glaube, er hat Angst vor dir." „Angst vor mir?", Jan sah seinen Bruder fragend an, „ich will doch einfach nur in Frieden leben." „Ich weiß das, aber du hast ihm das Einzige genommen, das er wirklich liebt. Gut, daran ist er selbst schuld, aber wenn du schuldig gesprochen worden wärst, hätte Jonas niemals erfahren, dass du sein Vater bist." „Hoffentlich ist der Alptraum nun zu Ende", fügte Jan hinzu, „jetzt kann ich mir einen Job suchen." Bester Laune gingen die Brüder zur Feier zurück und als Krönung klingelte kurz darauf Jans Handy. Jan meldete sich und die Küche verstummte, doch da Jan nur zuhörte, war nichts herauszufinden. Mit einem „Danke, bis Morgen", beendete er das Gespräch und sah die erwartungsvollen Gesichter strahlend an. „Ich habe morgen ein Bewerbungsgespräch als Krankenpfleger in der Klinik in Landshut. Die Bewerbung habe ich völlig vergessen." Mit einem Jubelschrei fiel ihm Julia um den Hals. „Jetzt wird alles gut", flüsterte Jan seiner großen Liebe zu und schloss die Arme fest um sie.

Am nächsten Morgen war Jan sehr früh wach. Er verspürte leichte Nervosität und drehte sich zu seiner Freundin um. „Nervös?", fragte diese, „brauchst du nicht. Du kannst so viel." Jan schlüpfte in sein weißes Hemd, Jeans und Sakko, band die Haare zum Zopf und grinste schüchtern. Martin drückte ihm den Autoschlüssel in die Hand und wünschte ihm viel Glück. Julia brachte Jonas zur Schule und wartete dann mit Martin, Ben und Eva auf Jans Rückkehr. Zwei Stunden später erschien dieser und sein Blick schien Bände zu sprechen. Julia wollte ihn gerade tröstend in die Arme schließen, doch Jan konnte sein Pokerface nicht beibehalten und fing an zu strahlen. „Idiot", Ben knuffte ihn in die Seite, „du hast den Job?" „Mmh, ab dem 1.5.in der IST. Am Anfang heißt das viele Nachtschichten. Ist das für dich in Ordnung?", der junge Mann sah seine Freundin an. Diese strahlte zurück: „Aber klar doch. Mein Referendariat beginnt im September. Bis dahin hat sich alles eingespielt." Am Abend versammelten sich alle noch einmal in der Küche, da Martins Einsatz beendet war und er in seine Kanzlei zurückkehren würde. Jan war am Nachmittag für eine Stunde verschwunden, ohne den anderen zu sagen, was er vorhatte. Auch am Abend schien er mit seinen Gedanken weit weg zu sein. Als Jack erschien, wurde auch das letzte Puzzlestück zur Sache Bergmann geliefert. Als Felix merkte, dass seine Felle davon schwammen, packte er vor dem vermeintlichen Journalisten aus. Bergmann war von der Ankunft seines Erstgeborenen nicht begeistert. Also reifte in ihm ein Plan. Zuerst sollte Felix ihm helfen, den Einbruch zu fingieren, was dieser auch tat. Nur als er merkte, dass es damit nicht getan war, distanzierte er sich. Bergmann gegenüber behauptete er, dass die Verbindung zwischen ihnen zu offensichtlich wäre. Also hatte der Patriarch einen Angestellten gesucht, der das Geld im Schuppen versteckte. Dieser wusste nichts von den Zusammenhängen. Erst durch die Aufmerksamkeit im Dorf wurde ihm bewusst, auf was er sich eingelassen hatte. Um seine Arbeit nicht zu verlieren, hielt er still. Felix wusste keinen Namen, so dass die Polizei alle Mitarbeiter befragen musste. Nachdem Sophia Jonas zu seinem Vater gebracht hatte, der auch noch von einem Staranwalt vertreten wurde, war Felix in der Achtung seines Stiefvaters gesunken und die Firmenübernahme war plötzlich kein Thema mehr. Nur Constanze konnte verhindern, dass er das junge Ehepaar aus dem Haus warf. Zur Polizei gehen würde er aber nicht. Martin telefonierte daraufhin selbst mit der Polizei, die auch sofort tätig wurde. Jetzt kam auch Jans großer Auftritt. Er griff in seine Hosentasche und zog eine kleine, blaue Schachtel heraus. Julia hielt vor Aufregung die Luft an, so dass sie sich an der Küchentheke festhalten musste. Als Jan vor ihr in die Knie ging, hätte man eine Stecknadel fallen hören. Seine Frage trotzdem kaum zu hören: „Julia, ich liebe dich und will nicht mehr ohne dich leben. Willst du mich heiraten?" In Julias Augen standen Tränen und ihr geflüstertes „Ja" ging beinahe im allgemeinen Jubel unter.

Ein Jahr später

Jan arbeitete inzwischen als OP- Pfleger im Klinikum und fühlte sich sichtlich wohl. Er unterstützte seinen Bruder, der Volkswirtschaft studierte. Die Firma Bergmann war nach der Verhaftung und Verurteilung des Chefs in die Hände der Söhne übergegangen, die Chris als Geschäftsführer einstellten. In kürzester Zeit war die Firma wieder ein beliebter Arbeitsplatz geworden. Felix unterstützte Chris tatkräftig. Felix und Sophia hatten nach Felix Verurteilung wegen Beihilfe zur Vortäuschung einer Straftat lange Gespräche mit den Brüdern geführt. Und Jonas zu Liebe hatten diese den beiden schließlich verziehen und sie in der Bergmann Villa leben lassen. Keiner der beiden Brüder wollte dort einziehen. Bergmann war wegen Vortäuschung einer Straftat, falscher Verdächtigung und Erpressung verurteilt worden und nach Zahlung einer hohen Geldstrafe zu Jans Gunsten dem Gefängnis nur knapp entgangen. Doch genauso schnell, wie die Bewohner Jan verurteilten, war die Achtung für Bergmann gesunken. Constanze und er hatten die Villa und das Dorf bei Nacht und Nebel verlassen. Julia und Jan bauten auf dem Grundstück am Weiher ihr Traumhaus und Julia arbeitete an der kleinen Grundschule als Lehrerin. Nun war der große Tag gekommen. Langsam schritt sie an Martins Arm in Richtung Weiherufer, wo Jan im schwarzen Anzug auf sie wartete. Jonas hüpfte ausgelassen vor ihr her und mehr als einmal mussten die

Ringe neu befestigt werden. Doch Eva, Julias Trau-
zeugin meisterte das jedes Mal. Auch dass sich die
Schleppe nicht im Waldboden verhedderte, war keine
leichte Aufgabe. Doch Julia hatte nur Augen für ihren
Traummann. Nur am Rand nahm sie ihre Mutter und
Maria Bergmann, die ihre Krankheit besiegt hatte,
wahr. Das gegenseitige „Ja, ich will" war deutlich zu
hören und die Feier war mit ihren engsten Freunden
lang und fröhlich. Jonas, der zwischen seinen Eltern
hin und her pendelte, strahlte mit dem Brautpaar um
die Wette. Julia flüsterte ihrem frisch angetrauten Ehemann etwas ins Ohr und Jan flüsterte es Jonas weiter.
Der hüpfte freudig auf und ab und konnte das Geheimnis nicht lange für sich behalten. „Ich bekomme ein
Geschwisterchen", posaunte er heraus und die Hoch-
zeitsgesellschaft applaudierte begeistert. Jan hielt
seine wachsende Familie strahlend fest. Die dunklen
Wolken der Vergangenheit waren verschwunden.

Claudia Krause

Lehrerin in München
Kinder- und Jugendbuchautorin

Veröffentlichungen:

- Lucy und die Bürgermeisterwahl
- Das vergessene Buch
- Geschichte hautnah, Band 1, Die Landshuter Hochzeit (erscheint im Herbst 2019)
- Das Geheimnis der von Alpensiepens (Arbeitstitel) erscheint im Frühjahr 2020